Terry Southern

Red Dirt Marijuana
and Other Tastes

レッド・ダート・マリファナ

テリー・サザーン　松永良平＝訳

国書刊行会

レッド・ダート・マリファナ　目次

レッド・ダート・マリファナ

ヒップすぎるぜ

You're Too Hip, Baby

ソルボンヌ大学でマレイは博士号を取るために留学していたが、あまり大学に行く必要はなかった。授業への出席は強制ではなく、定期試験もない。「一九四〇年代以降のイギリス小説におけるマラルメの影響」という彼の論文のテーマは教授からも高い評価を受けており、今のところマレイは、図書館でリサーチを続けて、主題を発展させながら論文を書き進め、いつでも面接試問に答えられるよう準備をしている。もちろん、彼は自分の論文に関係がありそうな講義には何でも出席してよかったし、ときどき顔を出すこともあった――おおむね、コクトーやカミュ、サルトル、「ボードレールからシュールレアリスムへ」の著者マルセル・レイモン、といった有名人の講演が行われる場合ではあったが。それよりも、マレイはたいてい、もっと肩の凝らない愉しみに夢中になっていた。彼はパリ中のクラブの、ありとあらゆる黒人ジャズ・ミュージシャンと顔見知りだったのだ。

夜ともなると、彼はいくつものクラブをうろついた。もしすごい大物が出ていれば、一晩中でもそのバーに居座って、演奏に耳を傾けた。そうでない場合、クラブからクラブへとハシゴするのだった。酒もあまり飲まず、ただ音楽を聴き、ミュージシャンと話をする。明け方になれば、一緒に食事へ繰り出した――通りを下って〈ブラッセリー・シヴェ〉へ、それともパリの街を横切ってモンマルトルまで行き、スペアリブとチキン・バーベキューを食べさせてくれる店へと。

だが、なんといっても最高なのは、彼が寄宿していたホテル〈ノワール・エ・ブラン（黒と白）〉の中にあるバーでぶらぶら過ごすことだった。午後遅く、店ではリハーサルや、ミュージシャンたちの内輪のセッションが行われている。誰もがとてもリラックスして、バカ話をしてふざけあいながら、安いペルノ酒を飲む。さらには、ハシシやマリファナにも火を点け、おおっぴらにそれを回しあい、その質についてああだこうだ言い合ったりする。こうしたシーンに出会うことでマレイは安らぎを感じた――密かに知れる親近感、内輪のジョーク。やがて、夜になり、クラブは大にぎわいを迎えるが、マレイは他の客――旅行者、学生、玄人気取りのビート族や最新の流行に乗っているフランス人のジャズ・マニアが新しい音楽を聴きにやってくる――を避け、ひとり少し離れた場所にいる。そして、そんな晩には決まって何かが起こる。例えば、ある有名なテナー・サックス吹きが何気なく彼にタバコをたかるような――そうすると、それを目撃した客の間から、マレイがミュージシャンと親しいぞ、という噂が広がってゆくというわけだ。イエール大学時代の古い友人たちはたまたまその店を訪れて、マレイがすっかり変わったと感じた。マレイが自分たちに取る態度や、演奏に隠されている意図、うわべだけでなく裏の意味をも読みとるセンスから、旧友たちは彼に底知れない寛容を感じ取っていた――まるで、マレイにしかわからない秘密の鍵があるかのような。やがて、誰かミュージシャンに友人たちを紹介しなければならないお決まりの場面になれば、ミュージシャンは知らない顔に対する判断を仰ぐべくマレイを見て、こう訊ねるだろう。「なあ、こいつは誰なんだ？わかってるヤツなのかい？」こんなことがあっても、マレイの魅力や神秘的な部分が損なわれることはない。他人に対しても、また、おそらくマレイ自身にとっても。それに、マレイも旧友たちをそれ以上いじめはしなかった。何故なら、彼はスイングしてる真っ最中なんだから。

黒人ピアニストのバディ・タルボットは、フランス人ドラマーとベーシストと共に〈ノワール・エ・ブラン〉に雇われた。もともとバディと彼の妻は三日間だけパリに滞在する予定だった。彼ら夫婦にとって、アメリカ以外の国に来たのも初めてなら、へんぴな北の街でやったいくつかの巡業を除けば、ニュー・ヨーク・シティ以外の場所で演奏するのも初めてだった。

夜も更けた頃、休憩時間にマレイは男子トイレに入った。バディ・タルボットがひとりで、鏡の前でネクタイを直していた。マレイが便器まで歩いてゆくときに、一瞬、鏡の中でふたりの目が合った。消臭剤の匂いも、つい今し方ここで吸われていたハシシのかすかな香りをごまかすことは出来ない。マレイは壁の向こうのステージの方にあごをしゃくって、彼に挨拶をした。「最高の音鳴らしてるじゃない」とマレイは言った。社交辞令っぽい言い方にうんざりしているのか、声がそっけない。バディは浅黒くて気難しげな顔を、気が進まなさそうにゆっくりと鏡の中からこちらに向け、マレイに笑いかけた。そして、柔らかくて、いやに落ちついた口調で答えた。「気にいってくれてうれしいね」

その後、それ以上話しはしなかったが、マレイは言葉以上のものを感じ取った。

マレイは勧められればハシシを吸ったが、わざわざ危険を冒してまでアラブ人居住区まで自分で買いに行くような真似は滅多にしなかった。それでも、彼はいつも最上級のものが手に入る場所はおさえている。というわけで次の日の晩、バディ・タルボットがトイレに入ると、すでにマレイがいた。

挨拶を互いに交わすと、マレイは何も言わずに吸いかけのものを手渡し、顔もろくに見ないで洗面所の方へ歩き去った——ためらう姿なんか見たくもないし、不安がり、打算したあげくに、ようやく完全に信用するという姿を目にするのも御免だね、とでもいうように。

「いいボックスがあるんだ」しばらくして、マレイは言った。レコード・プレイヤーの話をしたつもりだった。「モンクの最近のレコードなんかもある——寄ってきたいなら……」タオルを見つめながら、手を念入りに拭いた。「このホテルの上さ。八号室。ぼくの名前がドアにかかってる——〝マレイ〟ってね」

バディはうなずくと、手にしたものを味わった。「是非そうさせていただきたいね、マレイ」やがて彼は言い、無邪気に笑った。マレイも微笑み返し、バディの腕に軽く触れて、「また後で」と言って立ち去った。

ハシシはバディの演奏に良い効果をもたらしたらしい。マレイにはそれがはっきりと聴き取れた――音やニュアンスのひとつひとつが、バーカウンターのざわめきや、近くで聞こえるひそひそ話をくぐり抜けて、まっすぐ耳に入ってくる。まるでピアノから繋がったイヤフォンを付けているようだ。以前は気が付かなかった微妙な部分が聴こえ、サウンドの複雑な構造がわかる。ひとつの音が次の音を支えながら、最初はこちら、続いてあちらからと連なっている。そして両方が巧みに編み込まれ、説明的な音と暗示的な音による夢のような音の織物が出来あがる。音は垂直や平行にではなく、螺旋を描きながら上昇し、アラビア模様や小さな像をかたちづくりながら突き進んでゆく。マレイにははっきりわかっていた。このピアニストは音で何かを作り出そうとしているのだ……華麗で壮大なものを。このバー全体にぴったりのサイズで、なおかつ、ピアノの横に納まる何か。最初は、バディの前に建ったのは驚くべき音の城かと思えた……やがて、劇的なマイナー・コードが鳴り――まるでたった一個の石を加えることで名匠がこの大建築の本質をついに明かすかのように――それが城ではなく大聖堂なのだということを知らせた。「わお」マレイは口走り、笑いながらうなずいた。名匠は見慣れないタペストリーを大聖堂とその周囲に同時に編み込み、ついには全体を覆ってしまう。最初はひどく奇怪なイメージに思えたが、すぐにマレイはにやりとした。タペストリーが、聖堂の内部にも当然のように編み込まれて内装を覆いつくしていくのが見えたのだ。その色彩は豊かで力強く、壁を突き抜けてマレイにも届いた。そのとき、マレイは突然気がついた――こいつはマジで最高だぜ。だってぼくとバディだけにしかわからないんだから――この素敵なタペストリーは、極めて巧妙に壁と向かい合わせに織り込まれているのだ。彼は声をあげて笑い、頭を振った。「わーお、最高だぜ」演奏をしめくくる壮大なアイロニー。その声を聞きつけ、バディも笑った。

演奏が終わり、バディがやってきてマレイに何か飲まないかと誘った。「テーブルを用意しよう」とバディは言った。「かみさんが次の回を見にくるんだ」

「いいとも」と、聞きとれないほど軽く自然にマレイは答えた。

二人は隅のテーブルに腰掛けた。

「よお、ありゃマジで上出来だったぜ」とバディ。

マレイは肩をすくめた。

「気にいってくれてうれしいね」とマレイは初めて会ったときのバディの口調を軽く真似して、ちょっと偉そうに答えた。二人は笑いあった。バディはウェイターを呼んだ。

「よろしければ」ウェイターが去るとバディは言った。「ああいうのをもう少しいただけないかと思ってね」

マレイは退屈そうに欠伸をした。「明日また会おうか」と静かに言った。「カフェにお連れしますよ。あんたに紹介したいやつもいるし」

バディはうなずき、笑みを浮かべ、「いいね」と言った。


バディの妻ジャッキーはやせて背の高い若い黒人の女だった。目が綺麗で、足も長くて、笑顔が最高。

「あたしたちは」と彼女は言った。「ここでやっていきたいのよ――ここで暮らしたいの――少なくとも二、三年は」

「暮らすにはいいところだよ」とマレイは言った。


マレイは二人にハシシ入手の良いコネを紹介するだけでなく、いろいろ世話を焼いた。もっと快適で家賃も安く、〈ノワール・エ・ブラン〉にも近い部屋もすぐに見つけてやった。ジャッキーには、買い物するならここ、最高に美味しいクロワッサンならここ、安くて旨いワインならこれ、とひと通り案内。二人にフランス語も少々教え、手頃なレストランも紹介した。二人を連れて行ったのは、シネマテークで上映していたブニュエルの『黄金時代』、カタコンベ、モンマルトルのスペアリブの店、ソルボンヌ大でのマルセル・レイモンの講演会、フリー・マーケット、ギメ美術館、国立民族学博物館、ルーヴル美術館での午後の展示……。マレイはガールフレンドと一緒だったり、ひとりだけだったり。天気のいい日曜日には、知り合いの運転か、自分で借りた車でブローニュの森へピクニック、夜はヴェルサイユ広場へドライヴ。夕方の早い時間や、バディに演奏のスケジュールが無い日には、二人の部屋で夕食をとる。レコードを聴き、たまにハシシを喫い、ジャッキーが作ったレッド・ビーンズ・アンド・ライスや魚料理、チキンのスペアリブを食べたりした。この狭い部屋では一番快適な場所と言えばベッドしかなく、しばらくすると三人で寝そべって、もたれかかってゆっくりするのが常だった。誰かが新しいレコードをかけたり、飲み物を取りに行ったり、トイレに行ったりするとき以外はそのままで、くつろいだ雰囲気の中、あまり話をすることもない。たまに誰かがおかしなことや、どこかで見聞きした変な話をするぐらいで、たいていはそのまま眠ってしまうのだった。

あるとき、店で調理してもらった雉を持ってマレイが部屋を訪れた。さらに、よく冷えたドイツワインのリープフラウミルヒを二、三本、ワイルド・ライスにアスパラガス、苺とクリームも抱えて。

ジャッキーは目を輝かせながら包みを開けた。「まあ、こんなにしてもらって」と言って、マレイの頬にキスをした。

「おい、何のお祝いだ?」とバディは訊ねてマレイに笑いかけた。

マレイは肩をすくめながら答えた。「さあね、何か適当にでっちあげないと」

「そうするか」とバディは笑いながら言って、ハシシを細かく刻み始めた。

宴の後、三人はベッドに寝そべり、ハシシを喫いながら音楽を聴いた。

「おかしいと思わないか？」ビリー・ホリデイを聴きながら、マレイは言った。「白人《オフェイ》にはすごいと思える歌手がひとりもいない」

バディとジャッキーはしばし考えこんだ。

「アニタ・オデイはなかなかだわ」とジャッキー。

「まあね。でも、ビリーとじゃ比べものにならない」とマレイ。

「フランス娘の中にもスイングしてるのはいるがな」バディはぼんやりと言った。「……ピアフとか……あと、何て言ったっけ……」

「ああ、でもそれは別物だと思うな」

バディは肩をすくめ、ハシシを渡しつつ、「ああ、そうかもな」と眠たげに答えた。しかし、その眼はしっかりと開かれていて、しばらく横になり、少し興味深げにマレイをじっと見つめている。

「マレイ」やがてバディが口を開いた。「ピアノを習おうと思ったことはないのか？……何か楽器をさ」それから、そんなことを言うつもりは無かったという風に彼は笑い、起きあがってワインを取りに行った。

ジャッキーも笑った。「多分、あんたがとっても好きでしょうがないのよ——わかるかしら？」

「ああ、そうだとも」と冗談めかしてごまかすようにバディは言い、ワインをグラスに注いだ。「そう思っていただかないと」はにかんでずっと笑みを浮かべたままでいる。「じゃあ、皆の友情に乾杯」と言って、グラスに口を付けた。

「泣かせてくれるよ」とマレイがわざとよそよそしく、うんざりした声で言うので、みんな笑った。

バディがクラブへ出かける時間になった。

「一緒に行くよ、いいだろ」とマレイはゆっくりと起き上がりながら言った。

「ゆっくりしてな」バディはネクタイを付けながら言った。「まだ早過ぎる——後でジャッキーと一緒に来ればいい」

「その方が良さそうね」とジャッキーが答えた。

マレイはベッドに座ったまま、ぼんやりしている。

「いい感じだな、おまえ」バディは笑って、マレイに意味深なウィンクをした。「クールだぜ。まあ、よろしくやってくれ」

「わかった」とマレイは答え、ベッドへ再び仰向けに寝転がった。

「また後でな、おふたりさん」とバディは言い、出ていった。

「後で」とマレイ。

「後でね、ベイビイ」とジャッキー。彼女は起きあがり、ドアに鍵を掛けに行った。それから洗面台へ行き、歯を磨き始めた。

「さっきバディが言ったこと、おかしくない？」しばらくしてマレイは言った。「〝ピアノを習おうと思わなかったのか……〟ってとこだけどさ」

ジャッキーは、ゆっくりと物憂げに歯を磨きながら、鏡に映ったマレイを見ていた。「まあ、すごく簡単なことよ……あのひとはあなたが好きなの――で、あなたに何かしてあげたかったのよ。何か楽器を教えるとかね」口をゆすぎ、歯ブラシを水にさらした。「そこをはっきりさせたかったんだと思うわ」と言って、真っ直ぐマレイを見つめた。それから化粧台の前に立ち、服を整えた。ゆったりとしたクリーム色のジャージー生地は、彼女の体にぴったりとフィットしている。鏡の前に立ち、両足を少し開いて、髪をかき分ける。マレイは褐色の二本の足の裏側を眺めた。ゆるやかな楕円形をしたふくらはぎから、膝の裏側にかかるクリーム色の裾を過ぎ、無駄の無い曲線を描くその上へと――ボディラインは想像するまでもない。体に張り付いたジャージー生地と彼女の立ち姿のせいで、完璧にまるわかりだった。

「それ、いかした服だね」マレイは起きあがり、バディがナイト・テーブルの上に置いていったワインを手にした。

「そお？」ジャッキーは自分の服をしげしげと見て、再び鏡に向かった。「マダム何とかさんのところで作ってもらったのよ――ほら、あなたが教えてくれた裁縫屋」。鏡のそばの椅子に座り、クリネックスで口紅を丁寧に拭き落としながら彼女は言った。

「うん、最高だね」とマレイは言った。

「気に入ってくれてうれしいね、マレイ」この言い回しは三人の間で決まり文句になっていた。

「今日の昼間、〈ソレイユ・ドゥ・マロック（モロッコの太陽）〉にちょっと寄ってきた」と言ってマレイは、シャツのポケットから小さな包みを取り出し、ナイト・テーブルの明かりに近づけながら封を切った。「いくつか巻いて、クラブに持って行こうかな、なんて思って」マレイは彼女を見上げ、少しためらった。「時間があるといいんだけど」

耳の後ろに香水を付け、鏡に映るマレイを見ながら、ジャッキーは小首をかしげた。「あら、時間ならあるわよ、ベイビイ」微笑みながら彼女は言った。「……たっぷりとね」

一本目を巻き終えてから、マレイは火を点けた。二度ほど吸い、座って灰皿に煙を吹きかけ、残りを慎重に巻いてナイト・テーブルの上に丁寧に並べていった。

ジャッキーは鏡の前での身支度を終え、次のレコードをかけてベッドへと戻ってきた。彼女はベッドに座り、マレイから一本拝借。そして、ベッドに倒れ込み、壁際の枕に頭を沈めながら『ブルー・モンク』に耳を傾けた。

マレイは数本巻き終えると、ハシシの包みを片づけ、巻いた分をゴロワーズの箱の中に隠し入れた。それから、ジャッキーの膝を枕にしてベッドに仰向けになった――いや、彼女が横にならずに座ったままでいれば膝枕になっていた場所で、と言うべきか。彼女はハシシをマレイに手渡した。

「いける味だろ？」とマレイ。

ジャッキーはほほえんだ。「そうね、本当に」

「売人のハッジが言うには中央コンゴ産だって」マレイは笑って、「正真正銘のコンゴ産ですぜ！《セ・デュ・ヴレ・コンゴレ》」とアラビア人訛りのフランス語で続けた。

「まさにそんな味ね」とジャッキーは言った。

マレイは彼女の方を向いて、息づかいと共に肉が上下する柔らかいお腹に頬をしっかりと押しつけた。上質のジャージー生地を通して、パンティーの張りつめた光沢と、温かみを感じる。今の彼女はちっともやせっぽちなんかじゃない。

「ああ」少ししてマレイは答えた。「その通りだ。そんな味だよな」

ハシシを吸い終え、レコードが片面終わった後も、しばらくの間、二人は黙って寝そべっていた。ジャッキーはなんとなくマレイの髪を指でもてあそんでいる。随分長い間、マレイは動かずにいた。

「さてと」やがてマレイは寝たままで言った。「そろそろさ——クラブへ行かないか」

ジャッキーはしばらく彼を見つめたあと、彼の髪を優しくたぐり寄せ、肩をすくめながら、やさしく微笑んだ。

「お好きにどうぞ、マレイ」

天気のいい日曜日だった。マレイは三人でブローニュの森へドライヴしようと車を借りてきた。ジャッキーは前の晩からフライド・チキンを作り、昼食のためのバスケットを用意していたのに、今日になって、風邪を引いたと言い出し、行かないことに決めたと言い出した。それでも彼女はマレイとバディだけで出かけることを強く勧めた。

「こんないい天気と車を台無しにするなんて後悔するわよ。行ってらっしゃい」

そういうわけで、男二人は彼女を残して出かけることにした。

さわやかな午後、車はシャンゼリゼへと繰り出す。大通りは新緑に満ちあふれ、有名なカフェが大きな花々のように陽の光の中で軒先を連ねて広がっていた。エトワール通りを抜けたあたりで、二人は一軒の惣菜屋を見つけ、バスケットの中身を買い足した――根セロリのサラダやアーティチョークの芯、ぶどうの種に包まれたチーズなど。マレイは隣のカフェでコニャックも一瓶調達することが出来た。

森に入ってからしばらく走り、車を停め、森の奥へと歩いて行った。行ったことのない場所が見つかるかもしれない――やがて二人は小さな池のほとりに続くポプラの木立を本当に発見した。両側には池まで鬱蒼とした茂みが続き、シダや松、ポプラに囲まれて、絵本の世界を形作っている。池には人の姿はなく、木立の中でも誰にも会わなかった。これは気持ちのいい発見だった。

　二人は、いつもジャッキーがするように、チェック柄のテーブルクロスを慎重に広げ、食べ物を並べた。バディがポータブルのレコード・プレイヤーを持ってくる間、マレイはワインのコルクを抜いた。

「さて、どうする？」とバディは持ってきたレコードをしばし眺め、笑って訊ねた。「バード《パーカー》か？　バルトークか？」

「バルトークに決まってるだろ」とマレイは言い、うっとりとしながら付け加えた。「小鳥《バード》を探してどこに行くっていうの？」

「うまいこと言うねえ」とバディは言って、バルトークの「中国の不思議な役人」をかけた。

　マレイは頬杖を付いて寝そべった。バディはその向かいに足を組んで座った。ふたりとも無言で食べ、飲んだ。がつがつと、だが、味わいながらひとつずつ料理をつまむ。時々、美味さに感嘆の声もあげながら。

「ここのさび《ブリッジ》を聴いてくれ」とバディは言ってすばやくプレイヤーの針を上げ、何周分か戻す。

「〝少ーしだけ音を大きく〟って感じなんだな」彼は笑った。「こいつら最高だ」と言いながら、チキンにマヨネーズを付けようと身を乗り出す。

　マレイはうなずいた。「スイングしてるよね」と言いながら。

二人は草むらに横たわり、ハシシを喫い、コニャックを飲んだ。目を閉じて、傾いてきた陽の光を遮ろうと手をかざしている。二人の身体はさっきよりずっと近くなっていた。さっきバディが起きあがって伸びをしたあと、マレイにハシシを渡して、火を点けてやろうと隣に座ったせいだ。

しばらくしてバディはうとうとしたらしく、眠たげに寝返りを打った。そうすることで、彼の膝がマレイの足に当たったが、マレイは接触を断ち切るように身体を軽くずらした——だがやがて、マレイは何故そんな反応をしたのだろうと思ったのか、足をもとの場所へとそっと戻した。コニャックのグラスを胸に持ったまま、すぐにまた浅い眠りへと落ちていった。

ほんのちょっとしてから、マレイは目を覚ました。バディの足の重みが結構きつい。バディの方は見ないで、ゆっくりと起きあがりつつ足を引き上げ、膝を抱きかかえて座る。そして、手に持っていたコニャックのグラスに気付き、ゴクリと飲み干した。

「こっちの方も」とバディが静かに言った。「興味が無いってわけか」それは質問ではなく、自分に言い聞かせる確認のようなものだった。

マレイは表情もなく当惑して、バディを振り返った。バディは寝そべりながらいつもと同じような眼差しでマレイを見つめている。

「違うんだ」とマレイは言い、申し訳なさそうに続けた。「うん、悪く言うつもりはない——でも、ぼくはそういうのは遠慮しとくよ。わかるだろ?」

バディは指でいじくっていた草きれに視線を落とし、そしてほほえんだ。「まあ、とにかくだ」くすくす笑いながら彼は言った。「怒らないでくれ」

マレイも笑った。そして、「怒りゃしないよ」と真顔で答えた。


マレイはいつもとだいたい同じ時間に起きて、クリュニー美術館の時計が一一時をちょうど指す頃、ホテルの階段を降りて、夏の朝の華やぐ街へと向かう。時折差し込む明るい光に眼をしばたかせながら、ビルの壁にもたれて、楽しげににぎわう通りを眺めた。

時計の鐘が鳴り終わると、壁から身を引き剝がして、〈ロワイヤル〉へ向かって歩き始めた。いつもこの店でバディとジャッキーと一緒に朝食をとっていたのだ。サンジェルマン通りを途中まで歩いたあたりで、タバコを買おうと小さなカフェに入った。中に入ろうとすると三、四人がドアから出てきたので、しばし通過待ち。待っているうちに気が付いた。驚きだ。壁際のテーブルでバディとジャッキーが朝食をとっている。バディはサングラスをかけていた。マレイも店に入ってとっさにサングラスをかけようとしたが、部屋に忘れてきたことを思い出した。二人に手を挙げて簡単な挨拶をして、カウンターに行ってタバコを買う。バディは会釈をしたが、ジャッキーはすでにテーブルから立ち上がり、トイレに向かっていた。マレイは笑いかけながら近付き、同じテーブルに腰掛けた。

「何してるんだよ」とマレイは問い質した。「ここに来てるなんて知らなかったぜ」

バディは肩をすくめた。「ちょっと自分でもやってみようかと思ってね」と、ナイフの端にバターをなすりつけながら、真面目な口調で言った。そして、マレイを見上げ、笑いながら付け加える。「つまり――新しい場所には新しい出会いが、ってこと」

マレイもつられて笑い、食べかけのクロワッサンをつまんだ。「うん、なかなかウマイ」と彼は言った。「別のことわざがあるだろ？　あれだよ、ほら、〝古き友は良き友なり〟。聞いたことない？」

「聞いたことはある」と言ってバディはうなずいた。「ああ、聞いたことはあるよ」その顔は、もうすっかり作り笑顔になっている。「なあ、マレイ」手を拭き、椅子にもたれて、横を向きながら彼は言った。「訊きたいことがある。おまえはいったい何が望みなんだ？」

マレイは不機嫌にうつむいて自分の手を見つめた。その手は紙ナプキンをちぎるようにクロワッサンをゆっくりと散らかしている。

「どういう意味だよ？」

「おまえは音楽をやる気はない」バディはまるで目録を読み上げるような口調で切り出した。「じゃあ、あっちの方かと思えばそれも違う……いったいおれたちの何に興味があるんだ？」

マレイはちらっと彼を見たが、むかついてすぐに視線をそらした。ジャッキーがドアのそばに立っている常連客と話しているのに気付く。「さあね、あんたはどう思うんだい？」バディの方へ向き直って訊き返した。「ぼくはジャズの鳴る場所《シーン》が好きなんだ、それだけさ。ジャズのシーンとサウンドが好きなんだよ」

　バディは立ち上がり、テーブルに勘定を置いた。苦々しい顔で座っているマレイを見下ろし、首を振った。「おまえはヒップすぎるぜ、ベイビイ。そうだろ。ただのヒッピーなんだよ」彼は笑った。「つまり、言ってみれば、のぼせあがった黒んぼ好きだ」席を離れるとき、彼はマレイの肩にそっと触れた。「コケにするつもりはない。わかってくれ。だがな、ほら、誰かさんが言ったろ、〝おれはそういうのは遠慮しとくよ〟って」黒い顔がすすけた窓ガラスの下で一瞬強ばる。バディは白い歯をむき、胸の内を一気に吐き出すように低い声でささやいた。「そんなのはごめんだ、マレイ、そういう付き合いはな」彼は立ち去った。やがて、ウェイターがやってきて、テーブルの勘定を拾い上げた。

「ムッシュー、何かご注文《デジーレ》は？」

　顔をしかめ、まっすぐ前を見つめたまま、マレイはウェイターを追い払おうと手を上げかけた。が、すぐにその手をテーブルに下ろして、つぶやいた。「コーヒー」

「ブラック《ノワール》ですか、ムッシュ？」ウェイターが何かほのめかすように語尾を上げて訊ねる。

　マレイは不意を突かれてウェイターを見上げた。しかし、男は気付かずに、手に持ったお金を数えている。

　マレイはため息をついた。「そう《ウィ》」静かにつぶやいた。「ブラック《ノワール》で」

レッド・ダート・マリファナ

Red-Dirt Marijuana

白人少年が物置小屋にやって来た。そこでは一人の黒人が汚れた床に座り、壁に寄りかかって『ウェスタン・ストーリー・マガジン』を読んでいた。

少年は片手に、底を紐で束ね、何かが三分の一ほど詰まった枕カバーを持っている。黒人がそれを見上げたときの笑顔から、中身が何かはっきりと察しがついていることがわかる。

「よう、ハル、収穫を持ってきたのか?」

少年の名前はハロルド。黒人は〝ハル〟と呼んだ。

少年は焚き付けが積まれた壁へと向かい、その山から古い新聞紙を引っ張り出して、ほこりをふるい落とし、黒人の前に全面を広げて置いた。その上に、枕カバーの中から灰色の草のようなものをどさりと落とす。少年は尻に手を当てて上体を反らし、不機嫌そうに草の山を見下ろした。少年は一二歳だった。

黒人もその草を見ていた。しかし、こちらの顔は笑っている。歳は三五歳ぐらい。彼はときどき、それがきっと最高の皮肉であるかのごとく頭を振りながら、ほとんど声も立てずに柔らかく笑う。そんなときの彼の顔は、口元からのぞく真っ白な歯に反射して、最高級パイプの艶のように鈍く黒光りする。彼の名はCK。

「こいつはまたすげえ量だな」と黒人は言った。

手を伸ばして、乾いた草をつまみ、親指と人差し指でまるめてみせた。

「十分に乾いてると思う?」と少年は鼻声で、なんだか不満そうな調子で訊ねて、黒人の正面にしゃがみこんだ。「ちぇっ、もうこれ以上あそこにこれ置いとくのイヤなんだよな——とにかくあのスズカケの木にぶらさげとくのはやばいよ——そろそろかなりおかしな眺めになってきてる」彼は戸口から三〇ヤードほど離れたところに建っている白く大きな作業小屋に目をやった。「こんちくしょう、親父は毎週あの辺に鳩撃ちに行ってるんだぞ——今朝だっておれがあそこにいたら、レス・ニューゲイトさんの老いぼれ犬がこいつを口にくわえて走り回ってたんだからな! 親父たちに見つかる前に取り上げなきゃならなかったんだぞ」

黒人はもうひとつかみ草を手に取り、両手をパチンと合わせてすり潰しては、手のひらに盛り、その香りを味わっていた。

「あいつらにはこれが何なのかてんでわかりやしないだろうよ」

「おまえ正気か?」ハロルドはしかめ面をした。「うちの親父がこれを見て〝メキシコ産のロコ草〟だってわからないと思う？」

「そう言うが、今のこの感じならあんまりロコ草には見えないと思うがね」と黒人は少年に無感情な瞳を投げかけながら、冷静に言った。

「親父は乾いてるやつもきっと見たことがあるはずだよ」少年は、生真面目な調子で不機嫌そうに答えたが、すぐに目をそらした。

「確かに」辟易したようにCKは吐き捨てた。「まあ、親父さんが木の枝にたんまりぶらさがってるこの房を見つけたとしようじゃないか？　そりゃあ、親父さんがテキサス指折りのジャンキーだってことはおれもよく知ってるさ――ハッパは吸うし、食いもする。なにしろ自分の肌に刺すことだって出来るんだからな、ヒッヒッヒッヒッヒ！」いたずらっぽく彼は笑って見せた。

「なあ、そうだよなあ、ハルよ？」

「頭おかしいんじゃないの？」ハロルドはひどく不機嫌な顔をしてきつく言うと、黒人の手首をつかんだ。「おれにも嗅がせろ」

彼は少し嗅いでから、その手を戻す。

「おまえの汗臭い匂いしかしないよ」

「そりゃそうさ」と今度はCKが不機嫌な顔をして、両手を擦り合わせながら言った。「この花の部分をつぶすんだ――それがこの草の香り、つまり、おれたちが〝あれ〟と呼んでいるやつだ」

「もう一回やってよ」とハロルド。

「もう一回は勘弁だな」とＣＫはいらいらして言いながら、しばし目を閉じた。「……何べんやったって無駄だ――もう一回やっても、おれの汗の匂いがするって言うだけだ。まだおまえの鼻じゃ無理なんだよ――こんな草いじりなんか覚える前に、おまえにはやっておくべきことがあるんだから」

「もうわかるよ、ＣＫ」と少年は力を込めて言った。「頼むよ、ねえったら！」

黒人はわざとらしくため息を付いて、草の山から小さなつぼみを選び出した。

「よし、これからおれがこすり合わせたら」とえらそうに言った。「息を吐き出せ――それで草を手に盛るから、おまえは鼻を突っ込んでしっかりと吸い込むんだ……目一杯に鼻からしゃぶり上げるんだ！」

二人はそうした。

「感じたか？」とＣＫが訊いた。

「うん、何となく」とハロルドは答えて、また壁にもたれかかる。

「これがマリファナの香りだ――素のままではこんな匂いはしない」

「お茶みたいな匂いだ」と少年は言った。

「うん、だから〝お茶〟とも呼んだりするんだがな――もっと別の匂いもするだろ」

「どういうこと？」

「もっとすごく気持ちのいいもの、そういう感じだ」

「うーん、おまえがずっと言ってる〝あれ〟のことだろ?」と少年はすねるように訊いた。

「……あのメキシコ人が言ってたのとも違うの? あいつは〝ポット〟って言ってた」

「あのメキシコの老いぼれな」CKは両手を擦り合わせながら笑っている。「あいつはマジでおかしなヤツだったよな? ……綿花の収穫ぐらいにしか思ってなかった……〝昔は一日に一山は摘んでましたぜ!〟って言ってたっけな。おかしいったらなかった……ああ、そうか、おまえはあのメキシコ人とそんなに話したことなかったか——やつはこいつにいろんな名前をつけてた。〝ベイビイ〟とも言ってたっけ! ヒッヒッヒ。こんな感じだったかな、〝おまいさん、ベイビイを忘れちゃならねえよ!〟って。広い草むらからちょっとだけ持ってくだろ、それでそういう言い方になったんだろうよ。ああ、〝チャージ〟とも言ってたっけ。そうだった。あいつら流のスラングだな。自分たちの商売をポリ公には知られたくないもんで、そういう名前で呼び始めたんだ。わかるだろ? つまり、自分たちにだけわかる名前をこしらえて商売したり話したりしてりゃ、誰にも言ってることの中身はわからねえ、ってこと」

CKは足を思いっきり伸ばし、雑誌をひざにのせたまま腕を組んだ。

「いや、マジで」ちょっと間を置いてそう言うと、新聞の上の山を見つめて、頭を振った。

「はっきり言って、こいつはマジで大漁だ」

二週間ほど前だった。ハロルドの父親を手伝う仕事が休みだったので、CKはハロルドと二人で魚釣りに出かけていた。午後になって家へ帰る途中、ハロルドがあぜ道沿いの畑に目を奪われて足を止めた。滅多に牛もいない枯れ草ばかりの場所なのに、牛が一頭、頭を投げ出してうつ伏せに寝転がっている。

「あの牛、どうしたんだろう?」とハロルドは訊ねた。CKに、というよりも、自分自身に、あるいはひょっとして神様へ問いかけるように——そこには、家畜の世話はCKの仕事だが、牛を毎日牧草地へ連れ出しては牛小屋へ戻すのが最近ではハロルドの役目になりつつあるという意味合いが込められていた。

「あの牝、ゴキゲンじゃないか」とCKは言い、二人はフェンスを乗り越えて、牝牛に近づいた。「まるでメイベル婆さんみたいだな」と言いつつ、CKは遠くの方を細目で眺めた。

「牛がこんな風になってるのは見たこと無いな」とハロルドはけげんそうに言った。「……こんな風に地面に頭を投げ出すなんて寝転び方、まるで老いぼれの猟犬だ」

近づいても牛はじっとしたままで、わずかに二人を見上げるだけ。リズミカルに、満足した表情を浮かべて、口にしたものを反芻している。

「見ろよ、このバカ牛」ハロルドは、この謎かけに耐えかねるようにつぶやく。「……確かにメイベル婆さんみたいだな」牛の鼻に手をかけ、おもむろに脇腹をやんわりと足で小突き始めた。「起きろよ、このやろ」

「まったく、メイベル婆さんそのものだ」とＣＫは言い、牝牛の首を軽くはたいた。「大丈夫かい？　メイベル婆さん」

そのとき、ＣＫは二〇フィートほど離れたサボテンの茂みの奥に何かを見つけた。そして、それをたぐり寄せ、注意深く確かめてみる。

「こいつは完熟ものの草だ」その草のあちこちを優しくさわり、丁寧に元の場所へ戻した。やがて立ち上がり、後ろ手で尻を叩きながら、うつ伏せになった牛を振り返った。

「こいつはすごくいい草だな」

「うん、ロコ草のせいで牛がこんな風になってるの見たのは初めてだ」ハロルドは、この一件の原因がこいつなんだと言わんばかりに、ぼんやりと草を蹴飛ばすポーズをした。

「ただのロコ草じゃない」とＣＫは言った。「……こいつはレッド・ダート・マリファナ、まさにそのものだぜ」

ハロルドは顔をしかめてつばを吐いた。

「くそっ、こいつを引き抜いて焼き払っちまわないと」

「そうしないとな」とＣＫ。

二人は草を引き抜いた。

「レッド・ダートには手を出すなってよく聞くが」ＣＫは手に付いた泥を払い落としながら、ふと言った。「……一度でも吸ったら、マジですげえ効き目らしい――強すぎるって意味でもあるんだが」

「そりゃ大した効き目なんだろうさ」ハロルドは無愛想にうなずき、へべれけになった牛に目をやった。「パークス先生に看てもらった方がいいのかな？」

二人は牛に近づいた。

「さあね」とＣＫは言った。「草は牛に悪いことはしてないんだがな」

牛は頭をもたげ、近づいてくる二人を目で追った。二人は牝牛をしばらく見下ろしていた。牛のほうも興味深そうに彼らと目を合わせては、まだ反芻を続けている。

「メイベル婆さんは楽しんでいらっしゃるのさ」とＣＫは言い、身をかがめて牝牛の鼻輪を撫でてやった。「ヒヒヒ。婆さんはハイだ、お楽しみ中なんだ！」そして再び背筋を伸ばして、ハロルドに言った。「いいか、相棒。この大そうご満悦の牛をよく見ろ！」

「マリファナは、牛乳を駄目にするんだろ？」

「バカ、とんでもなく上等になるんだって！　なあ、リラックスしてマジでＡクラスの最高級ミルクを作ってくださるよ。な、そうだろ、メイベル婆さん？」

二人は畑のフェンスへと戻り始めた。ハロルドはマリファナの房を引きずりながら、前へ後ろへと揺らしている。

「そいつのよく育った根っこはどうだ」とＣＫは笑いながら言った。「……まるまると実った根っこだな――きっといいスープのだしが取れるぜ！」

彼はその枝葉を一本ねじ切ると、葉を数枚摘み取り、ミントを味わうように口で嚙んでみせた。

「どんな味がする？」とハロルドが訊ねた。

ＣＫはさらに数枚摘み取り、少年に差し出した。

「おまえの分だよ、相棒」

「いいよ、気持ち悪くなる」とハロルドは言い、空いてる方の手をポケットに突っ込んでしかめ面をした。受け取らないので、結局それもＣＫが口に入れた。

「それを乾かして、吸ったりもできるんだよね」とハロルド。

ＣＫは笑って、バカにしたようにフンと鼻を鳴らした。

「その通り、もちろんできるとも」

「ちゃんと乾かしてさ、売ろうよ」と少年は言った。

ＣＫは少年をにらみ、悲しげな怒りを暗く浮かべた。

「ダメだ、ハル、そんなこと言うな。自分が言ってる意味もわかっちゃいないくせに」

「ファルネイあたりにいるメキシコの小作人どもに売りつけたらいいじゃないか」

「ハル、言ってる意味がわかってるのか——やつらには金なんかありゃしない」

二人は再びフェンスを越え、しばらく無言になった。

「じゃあ、おまえはこれを乾かす気ないの？」とハロルドが訊ねた。この一二歳の少年はとまどいながらも、これから起こる行動や計画にうずうずしている――二人で一緒にやろうとしているすべての計画に。

CKは首を振った。

「おい、この手の商売のことはおれの忠告に聞いとくもんだ――おまえの親父さんならこの土地で今日みたいなことが起こればすぐにおれんとこに相談に駆けつけるんだがな」

ハロルドは話を打ち切った。

「バカな牛が食べないような場所にこれを置いとかなくちゃ」

そこで二人は、大きなスズカケの木の大枝の上に草を広げた。熱いテキサスの太陽が乾かしてくれるだろう。それからようやく家路に着いた。

「なあ、ハル」途中でCKは言った。「このことは家の誰にも言うなよ」

「当たり前だろ?」と少年は言った。「言うわけないだろ?」

二人は歩き続けた。

「あれが乾いたらどうするつもり、CK?」

CKは肩をすくめて、小石を蹴り上げた。

「ちっ、それはあとの楽しみさ」と彼は言って、少し笑った。

「もう十分乾いてるかな、どう思う?」と、二週間経った今、ハロルドは訊ねていた。二人は草の山を挟んで腰を下ろしている。彼は指で草をこなごなに崩しながら、しかめ面でそれを眺めていた。

CKはブル・ダーハム社製の煙草用布袋《サック》を取り出した。

「さてと、まずやらなくちゃならないのは」とCKはおごそかに言った。「……〝味見〟だな」

布袋脇に付いたポケットから煙草の巻紙を二枚取り出して、一枚の端を舐めてもう一枚と並べ、二枚を端で貼り付けてゆく。

「おれは紙を二枚使う」とCKは作業に集中しつつ、説明した。「それでいい感じの〈スローバーニンスティック〉ができる」

山からひとつまみ選り抜いて、くしゃくしゃに潰し、丸めた煙草紙へとふるい落とす。そして注意深く巻き上げてから、白桃色の舌で端から端までゆっくりと舐めてゆく。「こうすると上手い具合にくっつく」と言って、それをよく見えるよう掲げた。普通の煙草よりもいくらか細く、彼の唾液でまだ濡れて輝いていた。

「ダラスだったら五〇セントってとこだな」とCKはそれをじっと見つめながら言った。

「ホントかよ」と少年は疑わしげに言った。

「ホントだとも」とCK。「……まあ、三本で一ドルってとこだ。わかるか――これだけすげえ量のマリファナがあったって、せいぜい一本五〇セントさ……つまり質の問題なんだ。ここにあるのがどれくらい上質なのか、まだおれにもわからないがな」

彼は火を点けた。

「どうやら匂いはいけるじゃないか、なあ?」

CKがそれを鼻の下で前後左右に揺らすのを、ハロルドはじっと見つめていた。

「味もいけるじゃねえか！　ちくしょう、こいつはかなり上物だぜ。吸ってみたいか?」CKはスティックを差し出した。

「いいよ、今は要らない」とハロルドは答えた。立ち上がって焚き切れの山へと向かい、その中に隠してあったキャメルの箱を引っ張り出した。その一本に火を点けて、箱を元の場所に戻し、CKの正面に再び腰を下ろした。

「いいねえ」CKは手に持った細いスティックを見つめて、おだやかにつぶやいた。「こいつの味がよくわかった……いけるぜ」

「どんな感じ?」

CKは再び深く煙を吸い込んだ。しっかりと息を溜め、まるで水に浮かぶ練習をしている人間のように胸を膨らませる。煙が実際に体に作用し始めたことを示して黒い眉がわずかにひそまった。

「なかなかだ」とCKはようやく言って、笑みを浮かべた。

「どうして、おれが前に吸ったときは気持ち悪くなったのかな?」とハロルドは訊ねた。

「教えてやろうか、ハル」とCKはもどかしそうに言った。「それはおまえがこいつと喧嘩しようとしてるからだ……喧嘩しようとしたんじゃイヤな気分になるだけだ！　まったく、あのメキシコ産はなかなかいい代物だったのに」

「だって、すぐにくらくらしただけでさ、気持ち悪くなったんだぜ」

ＣＫは新たに深く煙を吸いこんで肺に溜めていたところだったため、息を吐かずにしゃべろうとして喉のてっぺんから声を出した。不自然にこわばった感じの声になっている。

「ああ、つまりおまえの心がガキで、まだかたちになってないからだよ……こいつはおまえの心に踏み込んできて、煙で覆っちまう！」

「おれの心？」

「まあ、おまえのアタマだな！」ＣＫは煙を吐き出しながら、ささやくように声を絞り出した。

「おまえのアタマはまだ未熟で、ちゃんと固まってなくてな……だから煙が入ってきたって、行くところが無い。幼いアタマを煙で曇らせるだけなんだ！」

　ハロルドは指でキャメルを軽く叩いて灰を落とした。

「たぶん、バカな黒人のアタマにはちょうどいいんだろうよ」しばらくして、吐き捨てるようにして言った。

「おい坊主、バカにするなよ」とＣＫは不愉快そうに言った。「……おまえが訊いてきたから、答えてやってるんじゃねえか。おまえのアタマがガキで未熟だから……全部ツルツル《スムース》なんだ、おまえのアタマのことだぜ、靴の革みたいにツルツル《スムース》なんだよ。この煙を入れたって煙たくなるしかないんだよ！」もう一度、彼は煙を吸い込んだ。「さあ、オトナのアタマになる番だ」息を止めたまま言った。「簡単《スムース》じゃないぜ――山もあれば谷もある、どこにでもあるんだ、あっちにもこっちにもな。なあ、自分を知ってるやつっていうのは、アタマの中で煙に急坂を駆け上らせたり降ろしたりなんて思いのままよ！　ハイになれる瞬間をコントロールする。わかるか、喧嘩はしないぜ……」息を止めるのと同時に話をしようとするためか、彼の声はだんだん小さくなっていた――やがて、息を吐き出し、少しずつ何回かに分けて一本を吸い終えた。だるそうな手つきで吸いがらを開いて、わずかに残った中身を山に戻して空にする。「最高だ《イエー》……」と、ほとんど聞き取れないような声でつぶやき、心ここにあらずといった笑みを口元に浮かべた。

ハロルドは、座ったり、少し窮屈そうに片手で身を支えて寝そべったりしながら、しばらくずっとＣＫを見つめていた。やがてちょっと体を移動させ、指で煙草の灰をはたき落とした。「くそう」とハロルドは言った。「どんな感じなのかおしえてほしいだけだよ、それだけなのに」

ＣＫは背中を真っすぐに伸ばして壁にもたれ、あぐらをかいて座っていた。まるで見た目はまったく骨の無い物体だった。柔らかいものの詰まった布袋がゆっくりと少しずつ手足を伸ばし、やがて完全に最終形になったという感じ。頭は壁に寄りかかり、半開きになった目で少年を見ている。彼は笑った。

「坊主、それを言ってなかったな」静かに口を開いた。「良かったよ」

「おい、そんな答えじゃ意味無いよ、このやろ」とハロルドはほとんど怒鳴りつけるように言った。「おれだってキャメルでとっくにいい気持ちさ！」

「ほほう」とCKは夢に陥る寸前といった調子で相づちを打った。

「ああマジで気持ちいい、くそっ」とハロルドは言い、憎々しげにCKをにらみつけた。

「そりゃそうだ」とCKはうなずいて、目を閉じた。それから二人してしばらく黙りこんだ。

やがてCKは何事もなかったようにハロルドに話しつづけた。「だがな、今日はあのクリスマスの日に吸ったときほどには美味くないだろ？　それともほら、親父さんが新品のウィンチェスター銃をくれてすぐだったよな？　あの鹿を撃っちまったんで親父さんからしこたま叩かれた。あのときに吸ったのよりは悪くねえかもしれねえがな？　よお。とにかくえらい違いがあるんだぜ、おまえが手にしてる煙草《キャメル》と、おれが今消した煙草《マリファナ》には！　なあ、それだけは言わせてもらうぜ」

「ちくしょう」ハロルドは半分だけ吸ったキャメルをはたき落とし、地面ですり潰した。「おまえ、どうかしてるよ」

CKは笑って言った。「おれは正気」

二人は再び黙りこくった。CKは眠たげに鼻歌を歌っている。ハロルドは向かいにしゃがんで、小屋の汚ない床に指でなぞった意味の無い図形を苦々しく見つめていた。

「これをどこに置いとくつもり、ＣＫ？」やがて少年は厳しい調子で彼に迫った。「こんな風に出しっぱなしになんてしておけないぜ」

　ＣＫには聞こえてなさそうだった。あるいは、単に目を閉じてそれだけを考えているようにも見えた。だが、そのうち目をかっと見開いて身を乗り出し、すっきりさわやか頭脳明快といった調子でしゃべり出した。

「うん、まず最初にこいつらを片付けないとな。種と小さな茎も全部取り出しておかないといけない。だが待てよ、真っ先にしなきゃならないのは……」と、山に手を伸ばし、「こっちに花、こっちに小さな葉っぱ、そうやって取り出して脇に寄せておくんだ。そうすることで二種類のマリファナになる。つまり、軽《ライト・ゲージ》いのと、重《ヘビー・ゲージ》いのにな」

　ＣＫは茎を山から拾い分け始めた。ハロルドもしばらくしてから作業に加わり、二人で乾いた葉を手でくしゃくしゃに潰し始めた。

「どうしたらこの中から種が取り出せるの？」

「その種《トリック》を教えてやろう」と言ってＣＫは笑みを浮かべ、ゆっくりと立ち上がった。「枕カバーはどこいった？」

　新聞紙を持ち上げて、枕カバーを地面に大きく広げ、その上に細かくした葉屑をどさりとこぼす。そしてカバーで包み込み、そのかたまりを指でこねまわして、中身をさらに粉々にする。しばらくこれを続け、再び包みを開けて平らにし、さっきまで新聞紙の上にあったのと同じような山を枕カバーの上に作る。

「こっちの端をしっかり持っておいてくれ」とハロルドに言い、その反対側をゆっくりと持ち上げ、傾かせながら激しく揺り動かした。丸い種がころころと小山を転がり出て、ピンと張った布地から地面へとこぼれ落ちる。ＣＫは枕カバーの一角を歯でくわえて片手でもう一角を持った。そして空いているほうの手で下から小山を軽く叩くと、残っていた種が何百個もぽろぽろと転がり出てきた。

「こんなこと、どこで習ったの、ＣＫ？」

「なあに、この草で商売するんだったら自然とわかるもんさ」とＣＫ。「……種をいちいち取りだしてたんじゃ時間が足りりゃしない」彼は立ち上がり、しばらく小屋の中を見回した。「さて、こいつを入れておくものを何か見つけなくちゃな——箱みたいなものが要る」

「なんでこの中じゃダメなの？」とハロルドは枕カバーを指さした。

ＣＫは不満そうな顔をした。「ダメだ、そんなのじゃ……こんな藁の袋みたいなやつじゃ……こいつにはもっといかした——小さくてかわいい箱みたいなのがいい。薬莢入れの空箱なんかどうだ？　持ってないか？」

「あれはそんなにデカくないぜ」

ＣＫは辺りをもう一度見回し、腰を下ろした。ゆっくりと壁にもたれかかり、山をもう一度見つめる。

「小さいからいいんだよ」彼はそのことに満足げだった。

「二つか三つ使えそうなのがあると思うけど」

「ちょっと待て」とCKは言った。「今話してるのはこの重い《ヘビー・ゲージ》方のことだからな、覚えておけよ」再確認するように、小さな方の山を彼は指した。「薬莢箱がひとつあれば、こいつには十分だろう——問題はこっちの軽い《ライト・ゲージ》方に合うやつなんだが、おれの考えでは……お前のママが使ってる一クォートのフルーツ瓶なんかどうかな」

「バカ、あの瓶をそんなことに使うなんて無理だよ、CK」

CKは少しいらついた顔をした。

「ママはフルーツ瓶の一個ぐらいおまえに出し渋りやしねえよ、ハル——もしあとで何か訊かれたら、割れちゃった、って言えば済むことだ！　釣った小魚を入れるのに使うとか言っとけよ！　ヒッヒッヒ……たぶん、ママは絶対に見せろなんて言わねえよ。お前がちゃんと頼めばな」

「あの瓶はそんなことに使わせないよ、CK」

CKはため息をついて、再び煙草を巻き始めた。

「今からこっちのをもう何本か巻いてだな」と彼は説明口調で言った。「別に除けておくんだ」

「他のはどんなときに吸うの？」

「ん？　この重い《ヘビー・ゲージ》のをか？」CKは少年の提案に不意を突かれ、目を見開いた。「そうだな、こいつは、仕事なんかしない時間のためのもの。日曜日用とでも言うかな……こいつを軽い方に少々混ぜ合わせれば、味も良くなる——だが、こいつをフルでやるときには誰にも迷惑かけねえってことをしっかり肝に銘じとかないといけない。ただゴロンと横になってのんびりしたいだけなんだからさ」と自分に言い聞かせながらも、彼の目は紙を巻き続ける自分の指にじっと注がれていた。「なあ……おまえにはこの重い《ヘビー・ゲージ》方の良さはまだわからない。ただ吸っただけで……それでおしまい。だがな、こっちの軽い《ライト・ゲージ》の、これだったらバッチリだ……おまえでも思うままに楽しめる。男は社会に出て働かなきゃならない。仕事を楽しんでやるにはどうしたらいい？　今、目の前のおれみたいに、この軽い《ライト・ゲージ》のに火を点けてみるんだ。なあ、おれだってまたすぐにお前の親父さんと外に出掛けて有刺鉄線のフェンスを付けたり、穴掘り器で庭仕事をやらなきゃならないだろ。穴掘り器で楽しく仕事出来るのは、軽い《ライト・ゲージ》のをきめてるからだ。つまり、これぞ〝社交的マリファナ〟なんだ。この軽い《ライト・ゲージ》のこそな——で、ここにあるもう片方は、そうだな、こいつはさしずめ〝考えるマリファナ〟ってとこかな……ヒッヒッヒ！　くそ、穴掘り器なんか金輪際見たくもねえ、となれば、こいつをフルできめるまでよ」

CKはゆっくりと細心の注意をはらって巻紙の端を舐めて、スティックを巻き終えた。

「やっぱりよお」とCKは少し大きな声を出した。「……あの使い込んだフルーツ瓶、この軽い《ライト・ゲージ》のにぴったりなんだよ」彼はくすくす笑った。「あんな感じで詰まってるとバッチリだ。残りがどれくらいか、いつでもわかるし」

「十分あるじゃないか」とハロルドは言った。少し不機嫌になっていた。

「そうさな。もっとあったっていい、法の許す限りは」

「必ず法律違反になるのかい、ＣＫ？」ハロルドは俄然、興味を示して訊き返した。「……あのメキシコ人たちもスラングで言ってたもんね」

ＣＫは優しく笑った。

「おれに言わせりゃ……こいつはすべての法に反してる――こんなにあるんだものな。確かに、ある法律では少しでも持ってたら、監獄行きだ……ところが、別の法律では、ここにあるよりもっとたくさん持ってると逮捕するぞと言う……」手を伸ばしてわしづかみにした草を見た。

「そう、そこからが本当に厄介だ！　つまり、たくさん持ってるからこそ、警察はこう言える、〝さあ、この男は自分で使う分よりも、もっとたくさんマリファナを持ってました、きっとこいつは売ってるに違いありません！〟って。そうなったら、そいつは売人《プッシャー》だってことになっちまう。そんな羽目になっちまったら、なあおい、監獄に逆戻りだぜ！」と言って、ハロルドをきつくにらんだ。「こんなくだらねえ話なんかしたくないな。おまえには関係の無いことだぜ、ハル。だから、おれがおまえだったらこのことは誰にも告げ口なんかしない――おまえの親友のビッグ・ローレンスとか、他の友達にもな」

「へん、そんなくだらないことするほどバカじゃないよ」

「でも怖いだろう、ハル？」

ハロルドはつばを吐き捨てた。

「ちぇっ」そんな言い方をされたら誰だってむかつくぜと言わんばかりに、ハロルドは目をそらした。

CKは再び作業に戻り、煙草を巻き続けた。ハロルドは彼をしばらく見つめていたが、やがてすくっと立ち上がった。

「戸棚からフルーツ瓶を持ってきてやるよ。ママが全部中身を詰めてしまってなけりゃね」

「ありがたいよ、ハル」とCKは、顔も上げずに新たな一本を端まで舐め上げながら言った。

ハロルドがフルーツ瓶と空の薬莢箱を持って戻ってきてから、二人は二つに分けた山をそれぞれの容器に移し替えた。

「これがすごくいいマリファナだと、法を犯してることになるのはどうしてだい？」とハロルドが訊ねた。

「まあ、おれはそのことについては実地で学んできたからな」とCKは言ってフルーツ瓶の蓋をしっかりとしめ、軽く一発はたいた。そして、笑った。「おまえぐらいのガキどもが吸って気持ちが悪くなるからじゃないぜ、さんざん言ってるけどな！」

「じゃあ何なんだよ」

CKは目の前に置いた薬莢箱の横にフルーツ瓶をきちんと並べた。その二つが自分の正面中央になるように慎重に配置しながら、質問の答えを考えているようだった。

「教えてやろうか」やがて彼は口を開いた。「つまり、ハイになってるとき、人にはいろんなものが見え過ぎる、それが法に触れるんだ。すべてが丸見えなんだ……言ってることがわかるか？」

「全然わからないよ、ＣＫ」

「ああ、多分おまえはまだ若すぎてわからないだろうな——だがな、教えてやろう。この世界ではペテンやウソが大手を振ってる……胸くそ悪い大ウソでいっぱいだ……なあ、でもハイになったら、そういうペテンやサギやクソみたいな大ウソのすべてが透けて見える。その内側にある真実が見えるんだ」

「何の真実？」

「すべてのものの」

「マジでおかしなこと言ってるよ、ＣＫ」

「だからこそさ、みんな法を犯してまでこいつを吸うんだ。なあ、みんながハイになれば、誰も朝早く起きてニワトリにエサなんかやらなくなるぜ！　ヒッヒッヒ……みんなベッドに入ったままだ！　起きる気になるまでごろんと横になってりゃいい！　この美味しいやつ《グッド・ゲージ》でハイにしてやれば、ウソやペテンにはもう用は無い。物事の本質がはっきり見えてるんだから。そうだぜ、自らの魂そのものを見据えているんだから！」

「そんなバカみたいな話、聞いたことないよ、CK」

「なあ、おい、坊主――オトナになる前に、こういうバカな話をいっぱい聞いておくんだ」

「ふん」

「さて、それじゃこいつにピッタリの置き場所を考えねえとな」とCKは言った。「秘密の場所だ。どこがいい、ハル？」

「裏手にあるボロい薫製小屋はどうかな――あそこには誰も行かないよ」

「おお、あそこはいい、ハル――近いうちに取り壊したりしないだろうな？」

「ないない。取り壊してどうするっていうの？」

　CKは笑った。

「ああ、そりゃそうだ。よし、暗くなったら、こいつを持って行こう」

　二人は静かに、まだ早い午後のひとときを一緒に座って過ごした。小屋の入り口から明るい陽差しが少しづつ伸びながら地面に注ぎ込んだ。今では二人とも半身を太陽に照らされている。

「親父さんは今日、南の畑のフェンスをこしらえに行ったのかな。わかってたら良かったな」

しばらくしてCKが言った。

「ああそうか、親父とレス・ニューゲイトさんは一緒にダルトンに行ったよ」とハロルドは答えた。「……どうせ、暗くなるまで帰ってきやしないし」そしてひとこと。「釣りにでも行く？」

「ふん、そりゃなかなかいいアイデアだ」とＣＫは言った。

「今朝、東側の池でこないだのバカでかいドラムヘッドが飛び上がるの、おれ見たよ」とハロルドは言った。「……あいつは七、八ポンドはあったよ」

「今日はうまく釣れそうな気がするな」とＣＫはうなずき、青空を見上げて鼻を鳴らした。「……そうだな、あの二個目の丸太のあたりで子牛のレバーでも焼いて食うとするか。今ならそのドラムヘッドがちょうどあの辺にいそうだ」

「そうしようと思ってたところだよ」とハロルドが答えた。「多分、これは暗くなるまで置いといても平気だろ……あの薪の裏にでも突っ込んでおけばいい」

「そうだな」とＣＫは言った。「しばらくあそこに突っ込んでおこう——それから、出かける前にもう一、二本巻いとくか……こっちの重いのも足して」フルーツ瓶の蓋を開けながら彼は笑った。「さあて、今日は釣り日和だぜ。……良いマリファナほど人に忍耐力を与えるものは無し——おまえにも何本か巻いてやろうか、ハル？」

ハロルドはペッとつばを吐いた。

「ああ、そうだね」そして最後に言った。「……でも、おれに巻かせようとしてるんだろ、ＣＫ」

かみそりファイト　Razor Fight

　クラップ・ゲーム（サイコロを使うカジノ・ゲームの一種）が始まった午後二時、ＣＫクロウはパラダイス・バーへとやってきた。片手に格安ワインのスイート・ルーシーを一本、もう片方には六ドル札。白人の少年、ハロルドも一緒だ。「賢い黒人はすぐに有り金を倍にできるもの」とＣＫは言った。「もし神様がまだおれにツキが来てないと思ってるんなら……ほらよ！」ダイスを投げられた。「……七だ！」そして、のけぞって笑い、ワインを瓶ごと口に注いだ。
　バーの雰囲気は上々だった――ファンキーでむせび泣くブルースや、けたたましい笑い声が飛び交っている。「クロウのしゃぶりよう、まるでデカいマリファナみたいだぜ！」「何か違うもんでもしゃぶってるつもりなんだろ！　ヒヒヒ！　おれにもそのルーシーを一口くれよ、おい！」「有り金使い果たす前にせいぜい前祝いでもしとくんだな、おりこうさん共」とＣＫ。「あとで泣きながら怨み節《ブルース》でも歌ってるんだからな……あのダイスのところで！」オールド・

ウェズリーはバー・カウンターの後ろに寄りかかり、マッチ棒をつまようじ替わりに使っていた。「うちの店の酒じゃご不満なようですな、クロウさん。自分のボトルを持ち込むなんてね」

「気にすんなよ、旦那」とＣＫは口をぬぐいながら言った。「この店じゃ、こんなにトクベツな酒は出せねえよ」二五セント銀貨《クォーター》をカウンターに叩きつけた。「グラスをくれ」

　オールド・ウェズリーは大きな水飲みグラスをカウンターに置いた。

「あそこにいる若いお友達は？」と訊ねて、わざと厳しい顔でハロルドを一瞥した。ハロルドは壁際で所在なげにしている。

「ああ、おれの若い友人にはコーラをくれるかな」と言い、ＣＫはまるで忘れていたかのように彼を見やった。「それでよかったよな、坊主？」

「ああ、そうだね」と答えて、ぶすっとして目をそらしたが、黒人同士で一緒に笑っているのは見逃していなかった。

　黒人バーでは、ＣＫはハロルドに対して高飛車にふるまう。ハロルドは時々むかつくこともあったが、傷つけられているとまでは思わなかったため、怒ることもない。ＣＫと一緒にパラダイス・バーに来るようになって、もう一年ほど経つ。オンボロの小型トラックで、街に飼料や金網など、そのときどきで必要なものの買い出しに行かされるときは、いつも決まってここに立ち寄っている。ＣＫがパラダイス・バーへの寄り道を始めたのは、街にいる間に何人か親戚に会いたいと言い出してからだった。このとき初めて、地図やガイドブックでウェスト・セントラルと書かれている地域、いや、実際には単に〝黒人の街《ニガー・タウン》〟と言われている地域へと二人の車は乗り入れたのだった——とんでもなくでこぼこだらけの迷宮を車は通り抜けた。土ぼこりと、傾いたあばら屋の作る迷路。家々の外には荒れ狂う焔と化したテキサスの太陽に燻されて黒焦げになった大きな洗面台が張り出している。黒人たちが今にも崩れ落ちそうなフロント・ポーチに背中をまるめて座り込んでいる。ほこりだらけの床に棒きれでゆっくりと得体の知れない模様を描いたり、一様に不可解そうに目の前の道路を凝視していたり——車は走り続け、やがて、そのうちの一軒のあばら屋の前庭に停車する。

　二人はようやく、その暗い家の中に入ることになった。見たところ窓も無く、灯油と塗り薬と、レッド・ビーンズ・アンド・ライス、コーンブレッド、なまず料理、ポッサム・シチューの匂いがする。ハロルドはコップ一杯の水と、温めたコーンブレッドと思しきものをもらって隅に座った。一方、ＣＫはテーブルに着き、石油ランプの黄色い光を浴びて、何かを食べた。間断なく食べた。何回も何回もコーンブレッドをディップソースにつけ、うつむきながら夢中になって食べた。しかもその顔は笑っていて、そのうえ、立ったり座ったりしている図体の大きな女に何かしゃべりかけて笑わせていた。女はＣＫがひたすら食べ続けるのをじっと見ていた。彼女がＣＫの叔母なのか、従姉なのか、ガールフレンドなのか、ハロルドにはわからなかったし、どうでもいいことだった。そのあと、この地域を抜ける途中で、車はパラダイス・バーの前でもう一度停まろうとした。ＣＫが言うには「ある友達に会う」ためだった。ハロルドは思わず言った。「ふざけんなよ、ＣＫ、一日中こんなところでうろうろしてるつもりかよ」待っている車の中で、ハロルドは店からＣＫが持ってきてくれたコーラとホット・バーベキュー・チキンやスペア・リブを飲み食いして時間をつぶした。そのうち、ハロルドも店の中に連れられて行くようになった。最初は、ＣＫを表に連れ出すか、コーラをもう一杯もらうかするために試しに入ってみるという程度だったが、クラップ・ゲームを見たり、ブラインド・トムがブルースを歌うのを聴いたりしているうちにずるずると時間が経ち——そのうち、ＣＫが親戚や友達に会うという口実も、どうでもよくなってしまっていた。今では街にいて時間さえあれば必ずパラダイス・バーまで真っ直ぐに乗りつけて店に入る。はじめのうちはハロルドにはあらゆるものがまったく退屈に思えたものだった。絶え間なく揺れながらむせび泣くブルース・ギターには頭痛さえ感じ、顔が涙と汗だらけになるほど辛いレッド・ペッパーを振りかけたバーベキューで唇はやけどする。なのに、今ではパラダイス・バーで起こるそんな幕間劇の数々を楽しみ、むしろ普通に受け止めることができるようになっていた——一二歳の少年の中で、感情の入れ替えがどうやら起こっていたのだ。

「おい、そこにいんのは誰だ？　セス・スティーヴンスのせがれか？」

ハロルドの立っている場所のすぐ近く、壁際の高椅子《ストゥール》に腰掛けているのは、六〇歳ぐらいの盲目の黒人だった。裸足で、膝の上に乗せたギターの弦を爪弾いている。少年の方を向いて笑い、「そこにいるのは誰だ？　セス・スティーヴンスの息子か？」と問いただす。上向いたその顔には、はっとさせられるような、柔らかくて不思議な輝きがあった——広々として桁外れに大きな顔は、閉じたままの瞼を広げるともっと大きく見えた。歌っているときは苦痛や怒りに歪んで見えることもある顔だが、何かを訊ね、答えの言葉を待っているようなときには、上を向き、笑顔になる……目の見える人間が笑いながら小鼻をちょっと上向きにするように、この盲目の黒人もそうするつもりなのだが、あごも同時に上に向いてしまう。そのため明かりが直接、彼の上向いた顔に当たって、カラフルに色付けされて見えた。普通の人間がそういうことをしようものなら、マクドゥーガル通りによくいるウィリアム・ブレイク気取りの甘ったるいバカな連中に似ていると思われかねないところだが、闇に生きるこの黒人の顔は、今はとても楽しげに映った。

「そんで、誰だっけ？　ハル・スティーヴンスだったか？」

「ああ、ハロルドだよ」と少年は素っ気なく答えた。答えながらも、ここにいることすべてが時間の無駄なのか決めかねている口調だった。ハロルドはコーラを持って高椅子の横のボロいストレートチェアに腰掛けた。「元気かい、ブラインド・トム？」

「おまえさん、声変わりし始めたな、ハル——なかなかわからなかったよ。じいちゃんは元気か？」

「ああ、なんとか。ずいぶん動きがのろくなってきたみたいだけどね」

いつでもブラインド・トムは、ハロルドの祖父が未だに農場を仕切っているかのように話をした。しかし、祖父はもう八七歳で、ハロルドが物心付いた頃からずっと仕事などしていない。言葉を交わすようになった一番最初の頃、一度このことを彼に説明しようとして、トムも納得したように思えたのだが、だんだんと古い記憶が彼の話の中にこっそりと戻ってきてしまう。今ではハロルドはいちいち間違いを正そうともしなかった。

「今年はどんな綿を出荷するんだ、ハル？」

「ええと、結構いいやつになると思うよ、ブラインド・トム――またゾウムシどもがたからなきゃね」

「なんだって？　あいつ、ゾウムシで困ってんのか？」

「ああ、南側の一帯がやられちゃってね。くそっ、気が付いたら半エーカーも食われちゃった。だから、今年は全部の綿に農薬をかけなきゃならなくなったんだ」

「なあに、おまえのじいちゃんがゾウムシに負けるわけないさ。そうだろ！」

「いいんだよ、今年はもう農薬を撒き終わったから」

「今のおまえは昔のじいちゃんみてえだ、ハル。あいつは、このブラインド・トム・ランサムを忘れちゃいないよ。あそこでいっぱい綿を摘んだもんだ」

「知ってるよ、ブラインド・トム」

「今はいい働き手はいるのかね？」

「うーん、昔ほど良くはないって――でもいつだってそう言ってるんだ、親父たちは」

「昔は〝一日一山〟は摘んでたっけな。一日で七二三ポンドは摘んだんだ。あいつはワゴンのとこにいて、綿の重さがどれくらいか見てた。おまえも聞いたろ。この郡でわしに勝てるやつはいなかった、ってな」

「知ってるよ、トム」


CKはカウンターにもたれかかり、赤く輝くワインがなみなみとグラスに満たされるのを見つめていた。

「ビッグ・ネイルが戻ったぞ」とオールド・ウェズリーが言った。

「あれがそうか？」CKは言った。笑いながら驚いた顔をしているが、それはすぐに作り笑いだとわかるものだった。

「ああ、今、やつはテーブル右側の角に座ってる――見えるか？」

「ふうん、確かにそのようだ」CKは少し振り返って確認した。「誓って言うが、ここで会うのは初めてだぜ！」陽気な調子で言っているが、実はかなり酔っているのは誰の目にも明らかだった。

「元気そうじゃないか」とCKはニヤリと笑った。「懐かしのビッグ・ネイルか」やれやれと首を振りながら、カウンターにぐるっと向き直り、半分に減ったグラスを再び満たした。「おれの前にあるグラスは、満タンにしときたいね」とオールド・ウェズリーに諭して言う。「いつでもな」それから、カウンターにつかまって、足下を見ながら、千鳥足でダンス・ステップを踏んだ。「景気はどうだい、ウェズリーさん」そう言って、またワインをひと飲み。

「あんまり代わり映えせんね」

「なんだって？　そりゃあ、おれに勘定の払いが少ねえって言ってるようなもんだ」とCKは笑いながら言って、ビッグ・ネイルの方を見た。

「文句は言いっこなしだ」とオールド・ウェズリー。

「思い出したよ、今日、おかしな話を聞いたんだ」とCKはさっきよりも大きな声で言い、カウンターから振り返った。そして、笑うのを止めた。目を閉じ、あごを膝に近づけて、決して笑わないよう我慢して頭を振った。

「まったく、すげえおかしかった」

　おもしろい話をするときの彼の語り口は自由でタブーも無いのだが、同時にある種の慎ましさも持ち合わせている。ごく微妙ににやけた顔は、謙遜しているようでもあり、その話がいかによく出来ているかと言いたい気持ちをひどく自制しているようでもある。

「二人のガキがいて、何か話してるんだな。で、そのうちのひとりが言った。こう言ったんだ。『なあおい、今おまえ平等になるために何をする？』もう片っ方が答えた。『そうだな、いいこと訊いてくれた。おれだったらな――デカくて……白い……スーツと、白いシャツ、白いネクタイ、白い靴、白いソックスを手にいれてだな、おれ様用に白いキャデラックも買って、ヒューストンまでドライヴして白人の女をこますのさ！』と言ったら、相方は笑ってるだけだった！　だからそいつは、イヤミな感じで、こう言ったんだ。『なんだよ、おい、てめえ、オレの計画がおかしいのか？　このオリコウサンめ。今おまえ平等になるためにどうするのか、言ってもらおうか！』そしたら相方は言ったんだな。『ああ、言ってやる。おれならこうだよ。黒いスーツ、黒いシャツに黒いタイ、黒い靴に黒いソックスを手にいれて、黒いキャデラックを買って、ヒューストンまでかっ飛ばし……白いスーツでうろついてるおまえらの黒いケツを眺めるのさ！』」

誰もがこの話は一度は聞いたことがあるのに、その場にいたほとんどの客は笑った。それはCKの語り口のせいだ。しかめ面で二人の真似をするさまは絶妙だったし、〝今おまえ平等になる〟というフレーズをほとんど意味不明になるくらい短く早口で繰り返すのも受けていた。「そこのアホが言いたいことはわかるがな」とビッグ・ネイルが、誰に話しかけるでもなくしゃべり出した。ダイスを手の中でゆっくりと振り転がし、耳元に近づける。「ただ、わからねえのは、そいつが何で金をくわえてないのか、ってことだ……そのおしゃべりなデカい口によ！」彼はダイスを放り投げて言った。「最高だ……七だぜ！」

クラップ・ゲームは続いていた。ハロルドが座っている壁際では高椅子《ストゥール》に腰掛けたブラインド・トム・ランサムがギターを弾いている――ゲームのあいだ、彼は頭をもたげ、見えない両目を参加者に向けて歌った。

フォート・ワースに行くことがあったら
マジメにしてた方がいいぜ
怒ったりせずに
そうさ、もちろん喧嘩もしないで

フォート・ワースのトムリン保安官
44口径の銃がお気に入り
やつがやって来るのを見たときにゃ
もう逃げ出すには遅すぎる！

やつは兎を撃つのが大好きなもんで
逃げてる兎を撃つのが好きなもんで
保安官が兎を撃つのを見たかい
あの44口径で！

「いいぞ、言っちまえ、ブラインド・トム！」

スズメを撃つのも好き
ウズラを撃つのも好き
そんで、黒人はあんまりいねえ
フォート・ワースの刑務所にはな！

「最高だぜ、ブラインド・トム！」

そう、スズメを撃つのが好きだ
ウズラを撃つのも好きだぜ
だから、黒人はあんまりいねえ
フォート・ワースの刑務所にはな！

クラップ・ゲームは午後いっぱい続いた。四時になる頃には、参加者は一五人ほどに膨れあがっていた。ハロルドは三回ほどCKがすっからかんになっては、その度にバーを出てゆき、しばらくすると新たな軍資金を持って戻ってくるのを見ていた。だがしまいには、その手にはもう三九セントの安ワインの新しいボトルしかなかった。

「このボトルを取っといてくれ、おっさん」とCKはウェズリーに告げた。「あとで取り戻しに来るからな。夕方涼しくなる頃には」

「勝ってるのは誰だい？」とオールド・ウェズリーはたずねた。

「ゲームの流れなんて、わかるもんかよ！」とCKが言った。

「ビッグ・ネイルが勝ってるんだ！」ハロルドと同じ年頃の少年が、バーの床に落ちた吸い殻を拾い集めながら答えた。「ビッグ・ネイルはやばいくらい絶好調だぜ！」

CKは冷ややかにフンと鼻を鳴らし、口元をぬぐった。「おれにも元手さえあればな」と彼は言った。「今なら勝てそうなんだ！　ウェズリーさん、二ドルばかし貸してくれねえか、朝一番で返すからさ——仕事に行く途中に寄るから！　ウソじゃねえって！」

「今どこで働いてるんだい、CK？」とウェズリーは訊ねて、ハロルドにウィンクした。

「ウソはつかねえ！」とCKは不愉快そうに言い切ったものの、やがてため息をつき、そっぽを向いた。

「なあ、ホントに感じるんだ、今ならやれるって！」

指をパチンと鳴らし始め、取り憑かれたように自分の手を見つめた。「ほら見ろ！」そして、ああだこうだとまくしたてて、まるで抑えられない発作が起こったかのように、肩を丸めて上下に痙攣させた。「どうだい！　おっさん、オレは今ホットなんだ、元手さえあればすげえぜ！」

「ほらよ、クソガキ」

小さくまるめられ、汗で湿ったドル札二枚が、ＣＫのグラスの横に置かれた。ＣＫは置いた人間を見上げもせずに、それをにらみつけた。

「せいぜい楽しむんだな」いつの間にか彼の横にビッグ・ネイルが立っていた。金を数えて揃えるのに夢中の様子だ。大もうけだった。

ＣＫはしわくちゃになった札ビラをつかみ取り、ゆっくりとその皺を伸ばした。「このやろう」とつぶやく。そしてボトルを手にゲームへと向かった。

ブラインド・トムが歌っている。

長すぎる汽車
今まで見たこともねえくらい
百両連結もあるやつさ……

ゲームに復帰し、ＣＫはダイスを振る順番を待った。

「今回は確実な目だけに賭けるんだ」とＣＫは言った。

「おや、懐かしのクロウがカムバックを成功させようってか！」

「どの目を振る、ＣＫ？」

「二ドルぽっちで？　おいおい、威勢はいいが今までどれだけ負けたと思ってる？」

「手にいれるだけさ、なあ」とＣＫは言った。「あっと言う間に望むものすべてを手に入れるんだ！」

ＣＫは最初はゆっくり、やがてけたたましくダイスを鳴らし、両の掌の間でパテ粘土みたいに転がし、息を吹きかけ、唾を吐き付け、指と指の間にこすりつけ、サディスティックな恋人のように荒々しく愛撫した。

「さあ来い、このビッチ、くそばばあ――出してみせるんだ、七を！」

「いいぞベイビイ。もう一回だ、ホットな七をくれ！」

ＣＫは、元手を崩すことなく五回連続でパスラインに置いた自分の賭け金《ベット》を倍にした。部屋の反対側では、ブラインド・トムがブルースを歌っている。

たったひとりの女
オレが今までに愛した
彼女はその汽車に乗ってた
そして、行っちまった……

「今度はどの目だ、ＣＫ？」

「見ての通りさ、おっさん」

元手の二ドルは五回連続で倍になり、今や六十ドルを超えた——ほとんどが一ドル札ばかりで、珍しいゴミ屑みたいにテーブルの上で散らばっている。

ここで勝ち逃げされてはたまらないという皆の思いから賭け金《ベット》が出揃うのに手間を食っている間も、ＣＫはダイスに何かささやきかけては、手の中で振り続けていた。

「おまえをおとなしくさせたいんだって、ダイスちゃん。こわいんだよ、こんなに熱いんだもの！　ああもう神様、手が焼けそうだ、熱すぎるぜ！　総取りか、誰かさんからひっぱがすかだぜ。てめえら。ほらよ、下がりやがれ。ダイスのお出ましだ！」

「お出ましがどうした」と、ビッグ・ネイルが言った。賭け金を囲んでうなだれている最前列の後ろに立っていた。「……それじゃ、総取りと行こうか」そして、札束を大きな濡れた葉っぱのようにばたつかせ、テーブルに置いた。

「このやろう」札を確かめもせず、ＣＫはダイスをゆっくりと振りながらうなった。「……聞いたか、ダイスちゃん？　北からお出での方が金をくれたよ。七になるのが見たくて、今、お金をくれるってよ！　そうさ、あの人、おまえのビッグ・セブンが見たいんだって、ベイビイ」ダイスを振る手はさらに激しく、スピードも増し、頭のそばでマラカスかタンバリンを演奏してるみたいにリズミカルになった。口調はダイスに合わせた鼻歌になっている。「……そうだ、その調子、ベイビイ、今ならやれる……そう……そうだ、今行くぜ、ダイスちゃん、出て行ってあの七をあいつに見せろ、一一でもいいぞ」ダイスに話しかけながら、どんどん声はうわずり、命令口調になり、ダイスが転がって壁に当たる瞬間には絶叫していた。「やっちまえ、くそったれ、七だ！」

一の目《エース》が二個。

ＣＫの番は終了。ほとんど全員が命拾いをした。

「そんな一回も七が出なかったみたいな目つきで見るなよ」誰かがぼそっと言った。「その目つき、まるで……悪魔の蛇みたいだぜ！」

「ヒヒヒ！　ホントそんな風だな」と別の誰かが言い、大声で呼びかけた。「明かりを点けてくれ、ウェズリーさんよ。ＣＫには一のゾロ目《スネークアイズ》が七に見えてるみたいだからよ！」

「七に似てるぜなんて言い出す前に明かりを消さなくちゃならねえけどな！」

「ヒヒヒ！　消しとけよ、まだゾロ目《スネークアイズ》はそのままにしてあるんだから！　暗くったたって光って見えるぜ！」

ビッグ・ネイルが勝ち金をかき集めている間も、ＣＫはしばらくその場に座りこんでいた。やがて彼は立ち上がり、バー・カウンターへと戻って行った。

「マジかよ、おい」と言って、頭を振りながら。

ＣＫはグラスをワインで満たすと、口いっぱいに含んで、飲み干さず辺りにぶちまけた。

「ブルースをやってくれ、ブラインド・トム。一発、ブルースを頼む」しかし、ブラインド・

トムが歌ったのはイキのいいジャンプ・ナンバーだった。彼は激しくシャウトした。

おれのあの娘《コ》はヤクは吸わねえ
麻薬酒《ポットリカー》にもしりごみしてる
あの娘にゃ何もいらねえよ
おれのでかい一〇インチ砲以外はな
レコードでバンドがブルースを演ってるぜ
バンドがブルースを演ってるぜ
あの娘はオレの一〇インチ砲に首ったけ……
あの娘の大好きなブルースが入ったレコードさ

ゆうべ、あの娘をいじめてやった
あの娘をちょっとつねってやったのさ
あの娘は言った、ふざけてないで、って
それからでかい一〇インチ砲を掘り出した……
レコードでバンドがブルースを演ってるぜ
バンドがブルースを演ってるぜ

あの娘はオレのどでかい一〇インチ砲に首ったけ……
あの娘の大好きなブルースが入ったレコードさ……

しばらくして、ビッグ・ネイルがバー・カウンターへと戻ってきた。彼はまだ金を数えていて、くしゃくしゃになった札ビラを真っ直ぐに伸ばしている。
「なあ、今日、おれはマジで笑える話を聞いたぜ」CKはオールド・ウェズリーに向かって、大きな声で話しかけた。「笑っちまったよ。フォート・ワース出の二人のガキがいてな、陸軍に入ってフランスはパリまで行ったわけさ。ある日、ヒマこいて街角に突っ立ってたら、白人のねえちゃんが二人ぶらぶらとやって来た。わかるか、二人の上玉のフランス・ギャルだぜ――二人ともマジでかなりのベッピンだったんだが、強いて言えば、片っ方は、相方よりもかなり老け面でな。まるで若い方のひいばあちゃんじゃねえの、って感じだった。でまあ、このねえちゃんたちを気にいったんで、片っ方が言ったんだな。『よお相棒、ナンパしようぜ、うまいことといくはずさ！』もう一人が答えた。『ああ、今同じこと考えてたんだ、でもよお、んーと、えーと……あのばあちゃんをどっちが取るか、どうやって決める？　あんな年増とはやりたくねえなあ！』そしたら、片っ方が言った。『どうやってだって？　何言ってんだ、おれはばあちゃんをいただくね！　おれが最初に見つけたんだから、最初に決めさせてもらうよ！』それでもう一人は言った。『よし、じゃあおまえの言う通り！　ばあちゃんはおまえのものだ。オレは若い方をいただくよ。そりゃいい！　でも、教えてくれよ、相棒。いかす若い娘がいるってのに、なんであんな年増がいいんだ？』すると片っ方は言った。『何故だって。相棒、知らないのか？　ナンパのコツがわかってねえなあ？　あのばあちゃんには男がいねえ……長いことな！』」

話し終えると、CKは今にも泣き出しそうに目を閉じてうつむいた。そして、やにわに床を蹴って、笑い出した。

「あんまり変わっちゃいねえな、おまえ？」とビッグ・ネイルは言った。

CKはグラスに手を伸ばし、ビッグ・ネイルの言葉を真面目に受け止めているふりをした。

「さあ、どうだかね。変わっちゃいねえ、って言うやつもいれば、昔よりか〝ちょっと〟しっかりした、って言うやつもいる。そんなとこさ」

「なあ、おれにはそいつらの言ってる意味がわからねえな。そいつらはおまえが昔より〝かなり〟しっかりした、って言ったんだろう」

「おや、連中は〝かなり〟なんて言ってないぜ、〝ちょっと〟って言ってるんだ――何故って、おれはいつだって結構しっかり者だったろ……よく知ってるはずだぜ」

ビッグ・ネイルは酒を飲み干した。

「そいつらの言ってる意味はわからねえが」とビッグ・ネイルは言った。「ああいう態度が真面目とは言わねえと思うがな」と言いながら、グラスをカウンターの縁にぶつけた。そして、ひどく落ち着いた様子でそれを掲げ、ゆっくりと回しながら、じっと眺めた。手にはグラスの底をしっかりと握っている。その上はギザギザだ。

二人とも相手を見ようとしない。ややあって、ビッグ・ネイルはグラスをカウンターへ下ろした。

「いや、ちがうな」CKが言った。「おれが思うにだ、まあ、これは当てずっぽうかもしれねえけどな――そいつらは別の線で物事を考えてると思うぜ」そうやって喋りながらも、彼は徐々にビッグ・ネイルの方へ向き直りつつあった。「連中はもっと違う線で考えてる……すっきりとよく切れる線で」目の前に指でゆらゆらと円を描きながら、グラスから手を離すと、コートの胸ポケットを素早くまさぐって、かみそりを取り出した。そして、そのかみそりの刃を出して身構えると、顔に近付け、照明に当てて反射させた。CKはにやりと笑い、この日初めてビッグ・ネイルを直視した。しかし、ビッグ・ネイルもすでに行動を起こしていた――後ずさりしながら、同じように刃渡りが真っ直ぐに伸びたかみそりを手にしたのだ。ちょうどそう、二本の指と親指の間に挟んで、床屋みたいに。笑いながら。

客たちは一目散にカウンターから逃げ出し始めた。クラップ・ゲームもおしまい。ハロルドは心底驚いた顔で二人を見ていた。

「あいつらにここでやらかされちゃたまらん！」とオールド・ウェズリーは言って、戸口に近いカウンターの端に立ち、半分をテープで巻いた鑿《のみ》を手にした。「問題があるんなら、出てってくれ、外でかたをつけてくれ！」

「邪魔しないでくれ、おっさん」店の真ん中に後ずさりしながら、ビッグ・ネイルが言った。

「おれたちは個人的な話をするだけさ」

オールド・ウェズリー、ハロルド、ブラインド・トム・ランサムの他に、店の中には四人の客がまだ残っていた。その四人は慎重に壁をつたいながら、戸口を目指している。店の外では、入り口付近にたまって、正面の窓ガラス越しに中を覗いている連中が二五人ほど。

「そうだよな、ＣＫ？」

シュッ！　ビッグ・ネイルのかみそりが鋭い弧を描いてＣＫの左胸辺りに触れた。コートの一部が切れて落ちる。

「そうとも」とＣＫ。「おれたち、仲良く話をしてるんだ」シュッ！「ビッグ・ネイルは、ここに戻って来られてどんなにうれしいか、って言ってるんだよ」シュッ！

「おお神様！」と誰かが言った。

「おまえら、やめろ！」とウェズリーも怒鳴った。

店の外では、一人の女が悲鳴を上げた。子供たちも泣き出した。

「やめさせてよ、ウェズリーさん！」

「誰か警察を！」

店の中では、二人が猫のように円を描きながら対峙していた。右回りになったかと思えば、次は左回りに。前や横に牽制しながらステップを踏んでは、突然五インチの刃で激しくやりあう。笑みを絶やさず、ぞっとするほど紳士的な態度で話を続けながら、

「元気そうだな、ＣＫ」

シュッ！

「ああ、おかげさまでな、ビッグ・ネイル」シュッ！「今、同じことを言おうと思ってたんだよ」

「やめるんだ！」とオールド・ウェズリーが叫んだ。「警察を呼んだぞ！」

「誰か銃を持ってこい！」

しかし、もはや二人には何も聞こえていない。やがて二人とも動きが鈍くなった。お互いに少しへばってしまい、しゃべらなくなっていた。一瞬、二人同時に動きが止まり、七フィートほど離れたところで立ちすくんだ。腕も上がらなくなり、ここで二人ともあきらめそうに見えた。

「そろそろ……決着といこうか」とビッグ・ネイル。

「そうらしいな」とＣＫ。

二人は最後の瞬間のために、笑みを浮かべながら店の中央に歩み寄った。そして、お互いをずたずたに切り刻んだ。

ブラインド・トム・ランサムは入り口の内側で高椅子に腰掛け、その音だけを聞いていた。

取っ組み合いのような音、風を切るような音、続いて刃をふるうときのシンとした沈黙。そして、かみそりが床に落ちるカタリという音――一つ、そしてもう一つ。最後に、二人の男が大きくて重たい麻袋のように倒れる音。まるで記念碑の倒壊のような音だった。

「これでオシマイ」ブラインド・トムは呟いた。「オシマイだ」

しかし、誰もその言葉は聞いてはいなかった。他の者はみな、幕切れ直前に逃げ去っていた。そして、戻ってもこない――ハロルドと、カウンターの中で腰に手をやり、途方に暮れているオールド・ウェズリー以外は。ウェズリーはハロルドを見て優しく言った。「坊主、おまえは家に帰った方がいい」

だが、ハロルドが店を出るより早く、一台のパトカーがおもてに到着してしまった。オールド・ウェズリーはカウンターの後ろにあるカーテン・ドアの向こうへと少年を連れて行った。つばの広い帽子を被った二人の背の高い白人が車から降り、ドアをバタンと閉めて中に入ってきた。

「こりゃいったい何の騒ぎだ、ウェズリー?」と警官のひとりが訊ね、イラつきながら部屋の中とふたつの死体を眺めた。

「何にも起こっちゃいません、警官殿」とウェズリーは言った。「……この二人が言い争いになっちまって……べつだん問題は無かったんですがねえ」

「元気かい、ブラインド・トム」ともうひとりの警官が言った。

「上々でさ……あなたはどなたかな、ケネディさんでしたかな？」

最初に質問した警官が死体に近づいた。

「もっと明かりをくれないか、ウェズリー……ここは深い穴底みたいに暗いからな——こいつはとんだもめ事だったみたいだな」

もうひとりの警官に声をかけて、懐中電灯で自分の足下を照らした。

「こりゃひどい。とことんやったもんだな」

呼ばれた警官は死体に近寄り、口笛を低く吹いた。

「わお、すげえな」

「こいつらを知ってるか、ウェズリー？」

「はい、二人とも知っております」

片方の警官がカウンターへ来て、シャツのポケットから手帳を取り出した。もうひとりは外に戻り、車の中で待機した。

バーに残った警官は天井を見上げて言った。

「まだ、ここ以外には電球を付けてないんだな」

「はい、設備工事を待ってるんですよ」

警官は手帳の白いページを見ながら、愛想の無い笑みを浮かべた。

「ずいぶんと長い間、工事を待ってるんじゃないか、ウェズリー？」

「はあ、そのようで」

「まあいい。二人の名前は？」

「ひとりはＣ・Ｋ・クロウです……もう片方は……」

「ちょっと待て。〝Ｃ・Ｋ・クロウ〟、と。住所は？」

「住所ははっきりとはわからないんです。確かＣＫはセス・スティーヴンスさんとこに住んでたと思います、インディアン川のそばです」

「歳はいくつぐらいだ？」

「ＣＫですか？　確か、三五か、三六歳だったと思いますよ」

「もう片っ方は？」

「やつの名前はエメットです。みんなは〝ビッグ・ネイル〟って呼んでましたがね」

「エメット……下は？」

「エメット・クロウです」

「二人ともクロウって名前なのか？」

「はい、その通りです」

「どういうことだ？　兄弟なのか？」

「はい、その通りなんです」

「うーん、で、こいつ歳は？」

「どういうわけか、どっちが上だったのか、わたしははっきり知らねえんです。やつらはいつも自分の方がひとつ上だって言い張ってましたからね。お互いに言ってたんです、おれの方が一歳上だって。そしたらあるとき、ビッグ・ネイル、つまりエメットがいなくなりましてね。北に行っちまったんですよ。シカゴだったかニュー・ヨーク・シティだったか。わたしが思うに年上だったのはたぶん……まあとにかく、やつらは二人とも三五か、三六歳だったんですよ」

警官は手帳を閉じ、ポケットにしまった。

「この辺に二人の知り合いはいるのか？」

オールド・ウェズリーはうなずいた。「わたしらできちんと始末してやるつもりですよ」

警官は立ったまま、しばらく死体を見つめていた。

「何が原因で二人は喧嘩してたんだ？」

「ホントにわたしにはわからないんですよ。言い争いになったんです。その……二人だけの間でね。誰にも止められやしませんでした」

「やつらはここで何をしてた。クラップ・ゲームか？」

「さあね、わたしは何も知らないんですよ。二人はここでクラップ・ゲームなんかしちゃいません。それは当然ですよ！」

警官は戸口で立ち止まり、トムに目をやった。

「とんでもない事件がつい今し方あったのを見た、なんてことないよな、ブラインド・トム?」

ブラインド・トムは笑った。

「まさか旦那、見たなんて、言えるはずもないですぜ」

「もしおまえさんが見てたら、報告書を書いてもらわないとな、ブラインド・トム?」

「なんでおいらなんかが、ケネディさん。おいらがこんな身だってこたぁご存じでしょう！おいらにもわかる一番おかしなことは、なんでおいらがケイサツに行ってホウコク書なんてもんを目いっぱいに書かされるのかってことですよ」

二人は笑いあった。警官はブラインド・トムの肩を軽く叩いて、店を出ていった。

車が走り去ると、ハロルドはカーテンの裏の部屋から顔を出した。逃げていた連中もバーに戻ってきた。

ブラインド・トムはブルースを歌っている。

「CKはいったいどう思うだろう?」と誰かが言った。「もし、自分がビッグ・ネイルの金で葬式を出されると知ったら。気に食わねえに決まってるぜ！」

オールド・ウェズリーは眉をひそめた。「CKは隣でくたばってる男と同じで、いい葬式を喜ぶとも。それに」と付け加えて、「CKは恨みを長いこと引きずるような人間じゃなかった」

彼はハロルドの方を見た。「そうだよな、坊主?」

「もう聞いてられません」と母親は言い、頭を抱えてキッチン・テーブルの脇を抜けた。「お父さんには自分で言いなさい。おじいさんにはわたしから言っておくから。あなたの話し方じゃおじいさんには何も聞き取れないし。とにかく、お父さんにはあなたが言うんですよ」

「うーん、今話した通りなんだよ、くそう」とハロルドは言って、目の前に置かれた空っぽの皿を恨めしそうに見つめている。

「さあ、わたしは知りませんよ。聞きたくもないし。お父さんに話して、それから手を洗いなさい。すぐ晩ご飯にしますから」

母親は部屋を出てゆき、ハロルドはひとりテーブルに残された。外で犬が吠えている。父親がポーチで足を踏みならし、靴から泥を振り落としている音が聞こえた。ドアを開け、家の中に入ってもまだ、冬の雪道から帰ってきたときのように足をパタパタ踏みならしている。父親は壁のラックの下に銃を立てかけた。

「晩飯の後でこの銃を掃除してもらいたいんだがなあ、坊主」と父親は言った。「お母さんは?」

「二階だよ」

「見てごらん、ほら」と父親は、にっこり笑いながら、よく太ったアメリカウズラのつがいを持ち上げた。「なかなかの収穫だろ?」

「CKが死んだよ、お父さん」とハロルドは告げた。計画していた通り、出来るだけ沈痛に。ひとつひとつの言葉が持っているはずの重みが大人にも通じることだけを意識して。

「何を言ってるんだ?」と父親は強く言い返し、怒りと苛立ちで怖い顔になった。「おまえ、あいつと一緒に子牛を街に連れて行かなかったのか……?」ドタドタと台所へ向かい、ウズラの死骸を置くと、ハロルドの顔を見てもう一度訊いた。「さあ、どういうことなんだ!」

そのときだった。父親がハロルドの言葉を信じなかったその一瞬、死という現実がハロルドの心にナイフのように突き刺さった。そして、何かが喉に飛び込んできてへばりつき、まぶたの裏側にひもを投げて結びついた。テーブルに目を落とし、頭を振りながら、ぼくのせいじゃないと言おうとした。すると、喉に張りついたものが剝がれ、熱くなったまぶたの裏からはひもがほどけ、あっと言う間に大きく弾けた。みっともないすすり泣きを抑えようとぎこちなく腕で顔をぬぐう。涙がとめどなくあふれていた。それは彼がすでに知っている涙ではなく、悲しみでうろたえて流した、初めての涙だった。

父親は何も言わず、不機嫌そうにしていたが、やがて近づいてハロルドのそばに立ち、肩に手を置いてやった。

夕食の席では、もう誰もこの話はしなかった。しばらくして、父親は手に持ったナイフをふとぼんやり見つめながら、ポツリと言った。「バカな黒人だよ。いったい何が原因でそんな喧嘩をしたんだ? クラップ・ゲームのせいか?」

「もう少し牛乳を飲みなさい、坊や」と母親は言い、大きなピッチャーを持ち上げた。

「何が原因だったんだ？」と父親は繰り返した。

ハロルドは手にしたグラスに、白い牛乳が注ぎ込まれるのを見つめていた。

「さあ、わかんないや。口喧嘩だったんだ。ああだこうだ言ってるうちに、取っくみあいになったんだ——誰にも止められなかった」

「クラップをやってなかったのかね？」と年老いた祖父が口をはさんだ。声は狼のうなり、皮膚はまるで赤茶けた革、自分の皿にのしかかってハロルドに問いかける姿は一羽の鷹だ。

「いいえ、おじいさん」とハロルドは言った。「あいつらはそんなことはしてませんでした」

老人はぶつぶつ言いながら、ハロルドにもっと食べるようながした。

「こないだブラインド・トムに会いました、おじいさん」しばらくして、ハロルドが言った。

「……あの人を覚えてますか？」

「誰だって？」

「あの、そのお、ブラインド・トム・ランサムってじいさんです。自分のことをおじいさんが覚えてるかな、って訊かれたんです」

「覚えてるか、だって？」老人は、口をぬぐいながら言った。「もちろん、覚えてるとも。かつてこの家には本当に良く出来た黒人がひとりいた。他には替わりのいないやつが。やつの目が見えなくなっちまうまでは、この郡で一番の働き者だった」

「うわさになったくらい、よく働いたんですか、おじいさん？」

「一日で一山は綿を摘んだもんだ」老人は重々しく答えた。「雨の日も晴れの日も。毎日、毎日」

「本当に一日で七二三ポンドも摘んだの？」

「もちろんだとも！　あいつら、それを見せようとして、わしを家から連れ出したんだ。七二三ポンドの綿の積み荷だ。あんなにすげえのは見たことないぞ。組合に送る手紙にわしはいつもそのことを書いていたんだ」老いた瞳がわずかに輝き、テーブルを囲んだ落ち着きはらった顔を見渡して素早く動いた。「なんたって、あれはまさしく州の新記録になるはずだったからなあ！」

太陽と輝かない星

The Sun and the Still-born Stars

シド・ペッカムと彼の妻はメキシコ湾岸で農業を営んでいる。シドは第二次大戦の従軍兵だった。二人はテキサス州コーパス・クリスティのすぐ西側、入り江から八マイルほど離れた小さな土地で、ぎりぎりの生活でなんとかしのいでいた。

二人は二〇〇ドル出して農場を購入した。どういうわけかシドは、土地を購入するにあたって退役軍人ローンをまったく受けられなかった。それでも二人はこつこつお金を貯めて土地の頭金にした。今では、年四回ずつ、二五ドルの分割支払いをするために、ソフト・メロンとスカッシュといったコーパス・クリスティの野菜市場で売る作物をひたすら育てている。

二人とも、凡庸な〝一エーカー〟規模の小さな農家の出だった。この手の人々は自分の土地というものをほとんど持ったことがない。そうした人間にとっては、人生の原動力を自らの土地への愛情と結びつけて考えるのは難しい。むしろ毎日の仕事や神の思し召し、そして、希望も驚きも無い空虚な生活を受け入れながらぼんやりと生きているにすぎないのだ。二人の小さな家にある、たった一冊の本は聖書だが、二人は一度も読んだことはなかった。

戦争が始まる前は、二人はサラの父親が経営する、もっと小さな農場で暮らしていた。裏手の部屋で一緒に寝起きし、一日の大半をメロン畑で共に働いた。やがて、シドは三年間の兵役のため、この家を去った。

一通の手紙がフランスから届いた。しかし、そこに書いてあったことは、まるで二マイルしか離れていないフライという町か、道一本隔てたシドの実家で書かれたのではないかと思えるほどそっけないものだった。

親愛なるサリー

みんなに手紙でも書けと言われたもんで。元気かい。ぼくは元気だ。このあたりは食べ物もなかなかうまい。昨日は雨で、今日も雨。君と家族のみんなが元気であることを祈ってます。

神のご加護を。

シド・ペッカム

見方によっては、この手紙は二人の関係を示す縮図だった。二人の会話には中身が無く、静かなものだったのだ。

それでもほんの時々、兵役中に見た映画についてシドが話すことがあった。そんなときの彼は、いつになく雄弁になる。

「あの映画はすごく良かった」彼はよく言ったものだ。「船に乗ってるときに見たんだ」

サラはいつもその話を聞いている。昔は二人で映画に行くことなんて無かった。だが、戦争が終わってからは、二人は毎週土曜日にフライまで二マイル歩いて新しい映画を見に行くようになった。フライでは土曜の夜に新作がかかり、その再映が火曜の午後と決まっている。土曜の夜は、良い席で映画を見ようと、いつも日が暮れる前に家を出た。どの座席でも値段は一緒で一五セント。コメディやミステリー、西部劇、ドラマチックなストーリーや歴史ものなど、毎週一本の映画を、二人は七年間見続けている。

映画館の暗がりの中で、二人は同じ木彫りのお面のような顔をしていた。時折、サラには映画の意図がまったくわからないこともある。そんなとき、彼女はシドに手がかりをもらおうと彼の方を向き、身を乗り出して顔をじっと見つめる。しかし、シドの顔は何も語らない。しかも、サラに気が付くとすぐ彼女を座席に戻そうとして押しやるのだった。

ただし、シドが以前に見たことがある映画のときは、スクリーンに向かってうなずきながら、時々口を覆う様子が、横からサラにも見えた。もっとも、そんなシドを見たとしても、スクリーンでそのとき起きていることをサラが理解することはまずない。額に深い皺を寄せ、手のひらに固い指先を前後させるしかなかった。

映画が終わると、月明かりの中、狭いあぜ道を二人は家まで歩いて帰る。サラはシドから少し離れて歩き、彼の後頭部を見つめる。たまには横からも、こっそりと眺めたりしながら。

「いい映画だったわよね、シド?」

「悪くはなかった」シドはよく言った。たいてい続けて、「前に見たことがある。イギリスで見たよ」とも。

シド・ペッカムは、イギリス特有の表現をひとつふたつ口にすることがあった。そのひとつが、〝熱い〟、それも、〝非常に熱い〟という意味でよく使われる〝パイピング〟という言葉だ。ただし、彼が間違えて〝パイパー〟とサラに伝えたので、二人は今でも時々、朝のコーヒーが〝パイパー・ホット〟だ、と言ったりする。「このスープの味はどうかしら、シド?」と何気なく聞いたときにも、「なかなか美味い、パイパー・ホットだが」と答えたり。さらに不思議なことに、昔の軍隊時代に、兵舎で偶然耳にした二人の兵隊の会話がきっかけだそうだが、シドはある種の映画を言い表すのに〝現実主義《リアリスト》〟という言葉を使うようになっていた。しかし、〝リアリスト〟ではなく、〝フィルムが無い《リール・レス》〟と言っているように聞こえた。どういうわけか“real-ist”という語幹を“reel-less”と完全に取り違えて覚えてしまったようだった。

「どう良かったの、シド?」

「良かった——いわゆる、フィルムが無い映画だった」

あるいは、例えばミュージカルや漫画映画の場合。

「大したことなかった――全然、フィルムが無い映画じゃない」

しかし、こんな生活の裏側でも、ささいな悩みが生まれていた。二人が互いに見せている外面や、気持ちも離れ、言葉もなく、死んだように静かで単純な日々の奥底で、それはだんだんと成長し、密かに大きなものになろうとしていた。

日中の仕事は二人に平等に割り振られていたが、サラの初めての妊娠が六ヶ月目を迎えた金曜日からは、畑仕事のほとんどをシドがしなければならなくなった。サラの方はというと、これから子供のためにお金が要るのに、土曜日に映画を見に行き続けるのだろうかと気にしていた。子供が産まれたら、二人はどうなるのだろう、とも。ある晩、シド、サラ、赤ん坊の三人が横並びで映画館の暗がりに座っている夢を見た。三人の顔にだけ光が当たっていて、しかもスクリーンのこちら側から自分で自分を眺めているような夢だった。だが、彼女にはわかっていた。今まで、年四回の支払いに足りるどころか、支払い日にお金が間に合ったことなどなかったということ。さらに、シドひとりが畑で働くだけでは、次の支払いをするのはとても難しいということも。

土曜日、サラは夢も見ない深い眠りから目を覚ました。あたりはまだ夜明けには遠い夏の暗闇だった。起きてみると、闇はしんと澄みわたり、夜風を除いて、すべてが完璧に静止している。何かを探すように見渡しても、時間の感覚もまだ定まらない。ほどなくして気が付いた。

風が穏やかに駈け抜ける下の方で、何かが外の闇を騒がせている。

　サラは頭を木綿のマットレスに張り付けたまま、じっと動かずにいた。やがて、まだ闇に慣れない視線を天井の真ん中からずらした。部屋の中がまるでスクリーンの映像のように映りだす。ゆっくりとだが、ぼんやりと、何となく知っている輪郭が見えてきた。彼女は夫も目覚めていることに気付き、彼の肩に手を触れた。

「何の音かしら、シド？」

「何かが畑にいるな」シドは身動きひとつせずに答えた。

　静電気の摩擦のような音が部屋中に広がる。二人はそのかさかさした音が止むまでの間、横たわったまま微動だにしなかった。再び音が始まると、シドは身体をこわばらせながらベッドを出て、窓の方へと向かった。

「何がいるの？」とサラが訊いた。すでに彼女も起きあがっていたので、シドがじっと外を眺めているのが見えた。ただし、窓の脇からほとんど背中を壁にくっつけるような姿勢でだ。それから、窓の土台すれすれから見張ろうとしてしゃがみこみ、畑の向こうを凝視している。

　サラはベッドを出て、彼の隣にひざをついた。窓の近くだと、聞こえてくる音はそれまでとは同じではなかった。何かをひっかく、乾いた金属音。葉っぱが擦れあう音。葉っぱと蔓が擦れあう音。夜にそんな音がするのはよくあることだが、畑の真ん中の、黒い物体が這い回っているあたりでは確実にいつもとは違う音がしている。重々しく、濡れた口でメロンにむしゃぶりつき、息をする音だ。かさかさと葉っぱと蔓が擦れあう音がやんでいる間も、その息づかいは続いている――サラにはまだその音はよく聞こえなかったので、頭を振って外の闇のあちこちを見た。最後にはシドの顔をまじまじと見つめてしまった。

「どこなの、シド？」と彼女は訊いた。「何がいるの？」シドは、まばたきもせずに闇をまっすぐにらみつけていた。

「家畜かな」とシドは答えた。ゆっくり立ち上がり、椅子にかけてあった服をつかむ。「多分、豚だ」

窓枠の下にしゃがみこみ、サラは外に目を凝らした。そして、服を着ようとしているシドの方を振り返った。

「豚よりは大きいわ」

「そうだな」

ドアを開けて部屋を出てゆくシドの背中が見えたかと思うと、もう窓の外にいた。家の角から現れて、闇の中の影となった彼は、畑のフェンスに沿って忍び足で進んだ。窓の向こう正面で立ち止まり、しゃがみこんで、畑の方にじっと目を凝らす。そこには、シドよりも重そうな影が横たわり、静まりかえった夜に息づかいだけを響かせていた。

次にサラが見たのは、シドが大きな白い石を手に持って立ち上がるところだった。彼女は窓を開けようと手を伸ばした。窓越しでは、暗くて油膜で曇ってしまったようにしか見えない。

しかし、次の瞬間、彼はフェンスを素早く乗り越え、石を投げつけながら猛然と走って行ってしまった。窓のこちらにいるサラの耳には、ふたつの肉体のたてる音が、葉っぱや蔓が潰れる大きな音と混ざり合うのが聞こえてきた。そして音のかたまりは、せわしなく組《く》んず解《ほぐ》れつしながら、転げ回って闇の向こうに消えた。

音が遠ざかり、畑を抜け海に消えるまで、サラは窓のそばに佇んでいた。それから、ベッドへと戻った。

日がずいぶん高くなってから、彼女は再び目を覚ました。部屋の中には彼女ひとりきりだ。起きあがって服を着て、ベッドメイクをしてから、床の掃除を始める。ふと、彼女は窓のそばで立ち止まり、その向こうをじっと見つめた。視線は庭先からフェンスへ、畑を抜けて、さらにこの土地一帯の先へ。薄暗い海の上には、朝日が高々と昇っていた。ひっそりと静まりかえったこの土地では、その陽が落とす影だけが動いているものだった。

サラは朝食の用意をしたが、シドは帰ってこない。そのあと、彼女は畑へ出て草を刈り取っていたが、気分が悪くなってしまった。ベッドに戻り横になっていると、昼近くになってシドが戻ってきた。服は濡れてボロボロになり、顔には細かくて深い切り傷があった。

「何があったの、シド?」

しばらく、彼は身動きもせずに入り口に突っ立っていた。

「豚《ホッグ》だったよ」さらに言った。「いや、イルカ《シー・ホッグ》だったんだよ」

サラは次の言葉を待つ。

「海に戻してやったんだ」とシドは言った。そして服を脱ぎ、彼も横になった。

午後遅くシドは目を覚まして飛び起きた。畑に出ると、二時間ほど狂ったように働いた。そして裏口の階段に腰掛ける。

サラは台所で破れた服を繕いながら、シドが夕陽から目をそむけ、海のある南の方をずっと向いているのに気付いた。夕食の後、ふたりはすぐに眠りについた。


明るくなるまでサラは目が覚めなかった。シドは出かけていた。彼女も起きて、服を着る。朝食を用意するかわりに、裏口の階段から鍬を持ち出して畑仕事に向かった。まだ昼前だというのに、両腕と肩からはもう感覚が無くなっていた。彼女は身体を伸ばそうとした。そのとき、焼けたナイフのように何かが背中を貫いた。

サラは顔を両手で覆って座り込んでしまった。ずいぶん経ってようやく立ち上がると、照りつける太陽のもと、畑を越えて海へ向かった。動悸を早くさせる真昼の暑さの中、行く手からは絶え間なく打ちつける波の音が聞こえてくる。浜の手前の砂丘を登る頃には、さらにいろんな音がしてきた。しかし、砂丘の頂上に立って巨大な鏡のような海を見下ろしたとき、サラの目に映ったのは、シドが一人、ひどく疲れた様子で立ちすくむ姿だった。海の中を逃げ回る影をシドの視線がぼんやりと弧を描いて追っているのだけが彼女にも見てとれた。

サラはしばらく砂丘の上に横たわった。シドが浜を離れ、彼女の前をとぼとぼと通り過ぎて、畑と家のある方向へ戻ってしまったあとも。

サラが家に戻ると、シドは眠っていた。昼過ぎまで寝て、やがて、鍬を手に畑へと出て行ってしまった。すれ違うとき、彼の口はまるで黒糸で唇を縫ったようにまっすぐ結ばれていた。一時間後、彼は裏口の階段に座っていた。

サラはキッチン・テーブルの椅子に座り、シドが鍬の取っ手をポケットナイフで削っているのがじっと見ていた。その日の午後いっぱい、彼はそこに座ったまま取っ手の先をナイフで鋭く研ぐことに費やした。やがて鍬は先の尖った三フィートほどの長さの槍となった。それが済むとすぐ眠りについた。

サラも続いてベッドに入った。眼は開けたまま、上から一枚のヴェールで二人を切り離しているような天井と、シドの顔を、何度も何度も見返す。夜。夜と、夜のもたらす想像。

それでも、サラは遅くまで起きてはいなかった。

コーパス・クリスティとフライの間に広がる湾岸地帯は、波際のかなりゆるやかに隆起した砂丘を除けば、日に焼けた荒れ地が続く平野となっている。

太陽が真昼の静止した焰となり、熱と光で不毛の地をここに作り出している。砂丘の頂には、どこかの遠い岸壁に波が打ち寄せるような音が聞こえてくる。だが、実はそれは太陽の作る音だった。静まりかえった砂浜に黒い線で波形を描きながら、じりじりと立ちのぼってくる音なのだ。

サラは這うように砂丘を昇った。立ち止まると、音と光の高まりを感じる。体と両の瞳をおそろしいほどに輝く太陽へ真っ直ぐに向けた。ゆっくりと背を伸ばして、瞳を黒く凝らす。砂丘の一番上にきたとき、彼女はへたりこんでしまった。爆発的な光を放ち湾全体に広がる無限の海の眺めが彼女を圧倒した。そのとき、その下では、荒れ狂う波にもまれて、シド・ペッカムが命を賭けて戦っていた。

サラは砂丘に横たわった。海の透明な輝きに幻惑されそうになっていた。一方、重い静寂の中、二つの肉体は海から浮かび上がっては揉み合っている。今はこちらが優勢、次はあちらが優勢と、浮き沈みを繰り返しながらのたうち回り、激しく絶望的なワルツをゆっくりと奏でている。

サラは砂丘の頂まで届く音にならない叫び声を聞いた。波間から槍が突き出ているのも見た。二体は揉み合っては海中に沈み、ゆらゆらと浮かび上がっては、重たげに変化する太い弧を海面に描いている。海の方へ傾いたり、陸の方へ傾いたり。だがそれらも、焼け付く太陽のもとでは、目立つものではない。攻撃は一本の弧となって海や浜辺に吸い込まれ、ゆらめいては消えてゆく。疲れきってはいたが、どちらもまいってはいなかった。

サラには、闘いの膠着を感じ取って、砂丘から身を起こし、海を目がけて突進していった。

打ちつける波の下、固い木で出来た槍が斜めに突き刺さっている。女の子が海に駆け込むように波間へと身を投げ出し、砂から槍を捻り取った。波打ち際から海へと槍の行く先を定め、後ろに、また後ろにと下がり続ける。槍の重量や、バランスと変化についていろいろと考えたが、彼女の鈍い頭に浮かぶものはほとんどなかった。猛烈な陽の光で目の前が真っ暗になる。映画に出てくる大きな雲をイメージする……前へ後ろへ……前へ後ろへ、だんだんと近づいて、近づいて、近づいて、画面に収まりきらないほど大きくなって、ふくらんで、ふくらんで、ふくらんで、ついに叫び声になった。「やめて!」

ぴくり。ふたつの肉体の周りで波が白い薔薇の花びらとなって広がった。まるでゆっくりした音楽が流れるエンディングだった。

ずいぶん長い間、サラは波間に立っていた。逆さまに刺さった槍の周りで、波が銀や赤の水しぶきを上げているのを、ただじっと眺めていた。やがて、槍を引き抜いて海を見た。水の中では、歩くたびに足の裏に震えを覚えた。砂地で重りを引きずっているみたいだった。彼女はひとりぼっちになったのだ。

家に戻り、夜が来るまで畑で働き、それから眠りについた。

夜明け前に目が覚めた。まだ月は高く、夜風が畑をすり抜ける音以外には何も聞こえない。しかし、サラには畑の向こうに広がる海から、岸壁を砕く波のような音が聞こえた。その音は一晩中続いていた。

起きあがって服を着て、台所を抜けて外に出た。裏の階段のそばには、槍に作り変えられた鍬の取っ手が立てかけてある。その鍬のそばを通るとき、月に照らされた影の長さで、今どれくらいの時間なのかが彼女にもわかった。

畑を抜けて道路に差しかかったとき、ふと思い出して薄手のドレスのポケットを手で探った。コインが二枚入っていた。五セント《ニッケル》と二五セント《クオーター》が一枚ずつ。ぴくっとして立ち止まり、二枚のコインを握りしめた。小さな雲が月の下を横切り、その瞬間、フライへ向かう左手のあぜ道に、ちょっとゆがんだ影が出来た。雲が過ぎ去ると、フライへの道は明るくなった。あの映画館はチケットの売り子が自分でお釣りも渡していたわ、とサラは思い出した。彼女はまた歩き出した。

サラはとてもゆっくりと歩いた。頭の中は、ぼんやりとしてとりとめもなく走る列車のよう。目の前に続く狭い道と同じくらい、まっすぐで暗いものだった。

月がかすんで日が昇る頃、サラはフライの繁華街に着いた。火曜日の昼上映《マチネー》に来たことがなかったので、何時に始まるのかもわからない。だから、念のためにこんなに早く来たのだった。のっぺりとした外観の映画館の前で、ガラスで仕切られた受付に誰もいないことを確認した。その替わりに案内が掲示してあった。

開演　一時
開場　一二時三〇分

彼女はずいぶん長い間、木製の掲示板に貼り付けられた案内を突っ立ったまま見ていた。もう一度、受付の中を覗いたり、寒々しくライトアップされたわびしい広場を見回したりした後、おずおずと手を伸ばして映画のポスターに触れた。やがて、そのポスターから固く潰れた指を離し、道ばたの縁石のところまで行って腰をおろした。

正午まで座って過ごし、ようやく並び始めた子供たちの後ろについた。

受付に着くと、彼女は男に二五セントと五セントを渡した。

「二人?」と男は訊いた。

「一人」とサラは答えた。

「一五セント」男は、お釣りの五セントと一〇セント《ダイム》を渡しながら言った。

彼女はコインを手に取り、顔をそむけた。しかし、案内板に再び目をやり、わざとらしく眉間に皺を寄せ、受付の男のもとに戻ってきた。サラはとても不愉快そうな顔をして、訊ねた。

「〝フィルムが無い〟映画なんでしょ?」

バードがワーナー博士のために吹いた晩

The Night the Bird Blew for Doctor Warner

「ヒプスター《いかした男》にならなくては」とワーナー博士は、黒くうねった革張りの大きな椅子から身を乗り出しながら言った。その後ろでは、明るさを絞った学習灯が、反射鏡から数千個の光の粒に力無く霞をかけている。その粒子は、彼の前にいる二人の友人が手にした琥珀色のグラスの氷に屈折してダンスしている――ダンス、そんな風に見えたのだ。無謀な思いつきと退屈な会話とを映し出して違いを露わにする、くすんだ光のスクリーンの上では。

「とてもヒップな、ヒプスターに」と、にこやかに博士は言葉を続け、心持ちふんぞりかえり、調子を強めた。「なれないのなら、もっと、もっとすごいものにならねば」

ラルフ・ワーナー博士は五五歳。髪はグレイで身なりは上品、驚くべき活力と魅力に溢れた人物である。博士と言ってもいわゆる医師ではない。音楽についての深い見識を持ち、多くの公共機関や教育機関から栄誉を授かっている人物なのだ。文筆家、評論家としても著名で、指揮者としても過去にサン・フランシスコ、ボストン、デンヴァーの交響楽団を受け持った。指揮の方針やレパートリーについての考え方も大衆的かつ進歩的だ。その結果、彼はこの国の音楽史上もっとも愛され、尊敬される人物となりつつある。

「もっとすごいもの？」とトーマス教授が言った。さも驚いたように不快感を笑みで表している。彼はわけのわからない変な言葉を忌み嫌っていた。「もっとすごいものがあるなんて言うなよ、ラルフ。ヒプスターになるよりも、なんて！」

「そうですとも」彼らよりも若いジョージ・ドリューが強い口調で言った。「ヒプスターよりもヒップなものなんてあるわけないでしょ？」彼は〝ヒップ〟という言葉が大好きなのだ。

「とにかく《アン・トゥ・カ》、言葉遊びじゃないんですから」活発な議論が起こる気配に鳥肌が立ちそうになっているくせに、歓びの発作からくる痙攣を無理矢理抑えつけているような口ぶりだ。

ワーナー博士は、酔いから醒め、はっきりとした目つきで、手にした酒を見つめた。

「そうだ」二人に向かって言った。「〝ジャンキー〟はヒプスター以上のものかもしれないな」

トーマス教授は慇懃無礼に鼻をフンと鳴らした。「まったく、いったいどこからそんな言葉持ち出したんだ？」

「香港港に埋めてあったのが、たぶん、浅かったんですよ」とジョージ・ドリューは冷ややかに言い、顔をわずかにもたげて酒を飲み干した。

「またドラッグの話なのだ。申し訳ない、トム」いつもは口論を仲裁する立場にあるワーナー博士が、話の口火を切った。「アヘンだ。今回はヘロインなのだよ」

ワーナー博士はあらゆる音楽言語に精通し、チャイコフスキーの研究と同じくらい全力を尽くしてアルバン・ベルクを研究している。タングルウッド音楽祭にも、ジュリアード四重奏団にも没頭している。今や彼は、五五歳にして、〝音楽界の大御所〟との名声を得ている。さらにまたもう一方で、彼の目配りはいろんな点で自然と博学の域に及ぶため、〝ミュージシャンのためのミュージシャン〟とも呼ばれていた。

現在、彼は以前にも増して著述に大忙しだ。今日までに彼が著した作品は以下の通り。高い評価を得たブラームス、モーツァルト、シューベルト研究が一冊ずつ。バッハ、ベートーヴェン、ワグナーでそれぞれ一〇〇ページほどの中論。パレストリーナからシェーンベルグまでほぼすべての作曲家についても小論を書き、バルトークについては決定版と言われるパンフレットも残している。ワーナー博士の著作は情報が濃密で、文章も引き締まっており、なめらかで読みやすい。ユーモアも散りばめられ、洞察力にも優れ、暖かみや洗練を欠かすことなく数々のエピソードも添えられている。

戦前戦後も、ヨーロッパを毎年旅行し、ブラックプールからコペンハーゲンまであらゆる大きな交響楽団に招かれては指揮をした。週刊誌のゴシップ欄の話題になることもしばしばだ。

しかしこのところ、彼はずっと隠れ家に引きこもっていた。博士の伝記執筆志望者たちは、彼が自宅にいないということは、新たな著作にとりかかっていると思っているのだそうだ。これだけが現在進行中の企画というわけではなかったが、彼がもっとも情熱を注いでいるのがこの本だった。音楽論者、評論家、大学や研究機関の教師、芸術鑑賞グループ、どこにでもいる文化的な人々、みんながその刊行を心待ちにしていた――その本は〈西洋音楽の全体像：その起源と現代に至る発展〉をテーマに扱うことになっており、出版社が〝決定版〟とうるさく宣伝しているものだった。この宣伝文句は馬鹿げてはいるものの、その本の確固たる価値に疑いの余地はない。何故ならばワーナー博士は、〝空前絶後のヴァイタリティと、音楽のすべてを愛する力を持つ万能の天才としての幅広い視点〟を兼ね備えているだけでなく、少なくともこの音楽の世界では、比較的公平で、偏りの無い姿勢で知られていたからだ。

「ヘロインですか」とジョージ・ドリューはもう一杯自分のグラスに注いで言った。「おそろしや、おそろしや」

「連中の間では驚くほど流行しているな」とトーマス教授が大して驚きもせずに付け加えた。

「まったく驚くほどひどく」

「流行なのか、トム？　それともスタンダードなのか？」とワーナー博士は真剣な顔をして訊ねた。「混乱してきたんだよ」

「わかるものかね！」不意にトーマス教授は両手を挙げて悲しげに喚いた。「わたしの理解をまったく超えているよ。だいいち、きみの企んでいることといったら――あんな連中に近付こうだなんて、どうなっても知らんぞ」彼の声は興奮と怒りを帯びていた。だが、少し間を置いてから改めて口にしたのは、その話題から離れた温厚な意見だった。「金のためなら、わたしだったら、まず第一に、集めておいた資料を使うだろうね。まったく、それなりの価値はあるのだろうに」彼は研究机の上に山と積まれた本をこれ見よがしに指さした。よく知られたジャズの歴史書、暴露記事や証言集、ドラッグ常習、売春、犯罪からの更正を記した告白本――すべては何らかのかたちでふたつの言葉に結びついていた。〝ジャズ〟と〝ビ・バップ〟に。「うわべだけだ、トム」とワーナー博士は言った。「まったくうわべだけのものばかり。書いてないんだよ……実際にドラッグを体験した者による生々しい描写が」

「ラルフ」とジョージ・ドリューが切りだした。「実際にやれると思ってるんですか、トムが言うように。あんな連中に近付くだなんて？」

「できるとも、ジョージ」とワーナー博士は答えた。「で・き・る・と・も。つまり、別の場所から物事を見るということに過ぎない。現実的には、言語の問題だ。彼らの言語のね」

ジョージ・ドリューは心から同情するような調子で言った。「この手のドラッグ・ビジネスに自分から関わろうとしているのが分かっているんですか？　連中はあなたにドラッグを売ろうとするでしょう。そしたら、どうするんですか、ラルフ？」

ワーナー博士は少し笑った。「そしたら？　そりゃあ、するべきことはひとつしか無いだろう――おしとやかにな」と言って、立派な椅子に身を沈め、ゆっくりと両手を挙げて伸びをした。「この件で憂鬱なところは」と絶望的な笑みを浮かべて、続けた。「わたしは針が大の苦手、ということだよ」

　今回の本の一章、〈デキシーランドとブルース〉を書き上げるにあたって、ワーナー博士はこのテーマについて書かれた資料のすべてを丹念に調査し、七〇〇曲にも上るレコーディングを聴き、多くは何度も繰り返して聴いて夥しい量のメモを記していた。さらに、一週間集中して実地調査をするためにニューオリンズへも向かった。実際に、現地で音楽を耳にするまでに、フレンチ・クォーターの周辺をあちこち探し回った。何となく音楽が聴けそうな場所の狭い入り口に顔を突っ込んでみたり、真夜中の裏道の蒼黒い靄の中をうろついたり、しんと静まりかえる明け方の地下酒蔵のドアを、まるで自前の樫の指揮台のような調子で、用心深く片っ端からノックしたり。

　現地の人間にも何百人と話しかけた。通りすがり、酔っぱらい、無名の――そして、その大半が才能の無い――ミュージシャンたち、見物人、子供たち、杖を地面に突くのが何となく音楽との関係がありそうだと思える盲人たち。午後のセッションが行われている野外ステージの影で、昼の暑さを避けて寝そべっている犬がいれば、通りすがりに頭を軽く叩いて感想を問う。さらに、夜には、クォーターにあるジャズなハコ《ボワット》で、テーブルに着く代わりに、ドリンクを手に、ステージの左手前、管楽器《ブラス》と煙草の煙がもっともブルージーに感じられる場所に立った。片足はせり上がった階段に置き、ネクタイはゆるめる。ブルーな、ブルーなオフビートに酔って半開きになった目の奥にはくつろいだ笑みを浮かべながら。空いている方の手は持ち上げた膝の上で休ませ、小さくて複雑な刺青をなぞるかのように指をせわしなく動かす。曲が終わったとき、ステージの上に空になったグラスがあれば、彼はそこにおかわりを注がせた。休憩に入ると、カウンターのまわりにやってくるバンドマンたちに酒をおごっては、ブルースを演る連中のだらしなくて気の置けない話に耳を傾けるのだった。

一軒の店が閉まると、すぐに次の店に移る。時にはひとりふたりのミュージシャンを連れにして。そして朝まで一緒に食事をする。朝七時に部屋に戻ってくると、そこから着々と二時間ほど執筆。ようやくベッドに入り、午後三時まで睡眠、そして起床、着替え、食事をして、今日もまたクォーターを徘徊するというパターン。彼はこれを七日間続けた。その間、心がけたのは次の三つのこと。(一) 決して曲をリクエストしない。(二) 決して一度にひとりのミュージシャンとしか音楽の話をしない。(三) 話しているときに、自らの知識を披露する場合には、ひとことで済ます。〝谷〟が自分の大きさを開けっぴろげに誇示するような論文調で説明するのではなく、一筋の裂け目だけで、その奥にある未知の深い魅力をほのめかそうという〝山〟のようにだ。苦い思いもしたし、可愛いがられもした。ある日の明け方、煙が渦巻いて灰色になったボックス席で、眠たげな顔をしたドラマーから甘い香りの煙草と細いマッチ棒を二本手渡された。彼は待ってましたとばかりにそれをくわえ、一気に深く吸い込み、笑いもせずにウインクして、低い声でこう言ったものだ。「いけるな、おい」

ワーナー博士は自分の身元を明かしていなかったが、おおかたの連中は彼をこう記憶していた。〝アホほどたくさん音楽のことを知ってるおっさん〟。あるいは、例えばさっきのドラマーみたいに、〝かわいいヤク中オヤジ〟。

「ラルフ」トーマス教授は言った。「話を整理させてくれ。つまりきみはドラッグ注射を受け入れようとしているわけだな？」

あごの下で両手を組み、ワーナー博士は微笑した。バツが悪そうにも見えたが、揺るぎない誇りはしっかりと保っていた。

「どんなタイプのドラッグにするんです、ラルフ？」とジョージ・ドリューが口を挟んだ。すでにどちらの肩を持つか決めているようだ。

「ヘロインだ、おそらく」ワーナー博士はあっさりと答えた。

トーマス教授は何か言いかけたが、代わりに酒をひと飲みして、口をつぐんだ。

「こういう言い方はきみには時代遅れに映るかもしれんが」やがて、教授は口を開いた。ジョージ・ドリューのことは完全に無視していた。「ラルフ、ヘロイン注射には非常に深刻な生命の危険があるんじゃないのかね――きみぐらいの年齢の紳士には」

ワーナー博士は首を振った。「静脈注射《メインライン》をするつもりはない」と冷静にひとこと。「筋肉注射《スキン・ポッピング》だけだ。まあとにかく、一回くらい注射したって心臓への負担など取るに足らんものだ。そのあたりはもちろん調査済みだとも」

ジョージ・ドリューは三五歳になったところだが、話題を続けるうちに、だんだんプリンストン大学にいた頃の写真のようなあどけない顔つきに戻りつつあった。椅子ごと身を乗り出し、注意深く言葉を選びながら、いつものくせで一語一語強調して話しかけてくる。「ラルフ、ぼくの知る限りでは、〝静脈注射《メインライン》〟っていうのは、麻薬を直接血管に打つことでしょ。一方、〝筋肉注射《スキン・ポッピング》〟は筋肉とか皮下組織とかに打つことですよね？　でも、実際、そのふたつはどう違うんです？」

「フラッシュだ」とワーナー博士は屈託無く言い放ち、そしてジョージの質問を聞こえよがしに嘲っているトーマス教授に笑みを向けた。「きみにはわたしの言っている言葉の意味がわかっているのかな？　そうだ、静脈注射の際に最初に起こる効果を〝フラッシュ〟と呼ぶ。筋肉注射ではその素晴らしさは得られない。静脈注射に比べるとゆっくりとしか反応が起こらないからな」

「では、その効果とはいったい何かね？」と、このやりとりには飽き飽きしたように、トーマス教授は訊ねた。

ジョージ・ドリューは座ったまま、落ち着きなく身震いしている。ワーナー博士は両手を振ってやんわりと言い返した。「ああ、確かに、もちろんそれは主観的なものだよ、トム。意志無き陶酔とでもいうかな。安心感やありふれた幸福感の発露。願望の達成感。自己満足、何とでも呼びたまえ。その後に続くのは、おそらく、鬱、または幻滅だろう」

『バッハからビ・バップまで』というのが版元の意向によるワーナー博士の新作のタイトルだった。ワーナー博士は折にふれ、彼がどれほどその中身に夢中であるかを語ったが、その前に必ず、その題材がはっきりと異質であることを強調した。

本の冒頭を飾る図版は耳の図解である。次の図版はくさび形文字の一例だ。さらには、五一ページまで、グレゴリオ聖歌についての記述すら出てこない。しかし、そうした点への指摘を認めつつ、彼はたいてい話をこうまとめていた。最終的には、本の四分の三がバッハとそれ以降についてのものになるのだと。

「わたしは出版社の連中にこう言ってるんだ。『わたしが書く。きみたちはそれにタイトルを付ける、だろ？　それで売ってくれるんだから！』とな」よく売れる本。有名人の書く面白い本。出版社の若い女性編集連中は、むしろ、その手のちょっと面白く嚙み砕いたものを求めている。そんなことはわかってるよ、と言うかわりにワーナー博士は笑いながら頭を振るのだった。

「だいいち」ついにトーマス教授が言い放った。「法に反してる。とんでもなく。法律違反で、危険思想だ」

「計算済みのリスクですよね、ラルフ？」とジョージ・ドリューは脳天気に言った。

「あるいは、職業上やむをえない危険だ」とラルフ・ワーナーは謙遜で顔を赤らめつつ答えた。

「なんてことだ！」トーマス教授は酒を飲み干した。「スコッチを飲まずにいられるか」もう一杯をグラスに注ぐと、ソーダで少し割ってかき混ぜる。「ドラッグに毒されてる。中毒だ。不潔な針のせいで、幻覚を見てるうちに破傷風にかかって死んでしまうかもしれんぞ」

「たのむ」ラルフ・ワーナーが冗談半分に切り返した。「針のことを言うのは勘弁してくれ」

「ふん、勝手にしろ」とトーマス教授は吐き捨て、ちびちび酒に口をつけながら、苦い顔をした。


ふたりの友人が訪れる少し前、ワーナー博士は本の最終章の初稿に手を着けていた。その出だしはこうだ。


人生とは常に苦闘の連続だ。

飽き飽きするほど繰り返し言われてきた文句だが、現代科学とテクノロジーのおかげで、われわれの物質的な地平は広がり、肉体的な負荷は軽減されてきた。今では、すっかり使い古されたフレーズだ。しかし、これ以上過酷な苦しみに苛まれることが無いというのに、文明の恩恵は新たな言葉を生みだしている……それは心の平穏と幸福感の探求であり、安堵感の模索である。というのも、こんにちわれわれは、おそらく昔は存在しなかったものを抱えているためだ……

ここで、彼は一旦文章を止め、括弧で括られた挿入句を後に続けた。〃(怒り、憎しみ、戦争、道徳と精神の混乱、などなど)〃。そう書いてから、余白に〃ユーモアで一服——哲学的な憂鬱(?)〃とメモ書きし、〃怒り、憎しみ、戦争、などなど〃と書いたリストに〃犯罪〃と付け加えると、すぐにページの下の方に再びタイプを打った。

そうした現代の気質についての生きた証明がある。不協和音と無調主義、不規則的な拍子の変化、そして平然と歪曲される、よく知られた主旋律《テーマ》、そうした特徴を持つある音楽表現が幅広い支持を得ているという事実である……

紙を二枚目にして、そのページ中央あたりから彼はまた書き付けた。

〃ビ・バップ〃、〃バップ〃、あるいは、もっと今風に〃(モダン)ジャズ〃、これらは〃まったく定まったかたちを持たない、ある主旋律《テーマ》のヴァリエーション〃として定義されてきたが、そこにはこう付け加えられるべきだ。その主旋律《テーマ》の変化は、演奏するアーティスト(そして良き聴き手）の心の中で（演奏の形態に付随して）起こるものであり、どんなかたちで表現されようとも、技術的な意味でだが、即興演奏と調和《ハーモナイズ》するするものなのだと……
感傷的なニヒリズムや、冷ややかで皮肉っぽい思惑をこうした即興と結びつけようとする向きがあることも見逃せない……

さらに空いているスペースにペンを動かし、書き続けた。

しかし、このような薄っぺらな皮肉の内にも、重要な本質が脈打っているのだ。日々の暮らしにも揉め事や苦々しい出来事が潜んでいるのと同じように……

しばらくして彼はこの紙を捨てて、最初のページに戻った。そして、〝現代の気質についての生きた証明がある〟と書いた部分に上から棒線を引き、〝現代の気質を映す一枚の生きた鏡、そういうものがある〟と書き直すと、下の方の余白に〝～の反射、などなど〟と手早く記した。
「ドラッグできみがどうなるかなんて誰にわかる？」と、トーマス教授がまたしてもこの話題を蒸し返している。「誰に聞いたって、ドラッグのもたらす効果なんて前もってわかるものか。気を付けることだな、ラルフ。本気で気を付けるんだ」

「ラルフ」とジョージ・ドリューが小うるさく割り込んできた。「ええと、アマチュアの意味論者としての意見ですが、わたしはそういうドラッグ用語と肉体との相関性にすごく興味があります。つまり、もしそういう効果が本当に実在するのならですけど。もちろん、精神的にのめりこんでしまっている特殊な人たちについての話でして――」

「気を付けるんだ」とトーマス教授はほとんど大声で繰り返した。「本当に気を付けないと」彼はひどく真剣になっていた。

「ああ、わかったよ、トム」とワーナー博士は退屈げに答えた。しかし、少し考え直したのか、ふたりに笑顔を向けて、すぐさまこう付け足した。「そうとも、なんたってわたしはヒップになろうっていうんだから」

地下鉄駅の階段を上りながら、ワーナー博士はすでに湿っているハンカチを喉元に当てた。生暖かい午後だ。

今日の格好は、グレイのフランネル・スーツにうすいダーク色をしたボタンダウンのシャツ。靴はスウェードで厚めのクレープソール。きれいに髭を剃り、帽子も被っていない。かたち良く逆立てられた髪は彩りを変える街灯りの下で銀色に輝いていて、まるで馬主か、カリフォルニアの外科医といってもいいぐらいだった。あるいは、ジャンキーそのものになっていたのだろう。動作は気怠く、方向も定まらず、その顔はうつろで表情がない。無関心と、おそらく、努力への鈍くかすかな軽蔑らしきもの以外には、何にも表現していなかった。ただし、精神はまだ支配されてしまったわけではなかった。どうして静脈注射はするつもりはないなどと言ったのだろう？　もちろん、彼は静脈注射をせずにはいられないだろう。他に何を考えていたというのだ？　子供じゃないんだから。

階段の一番上で立ち止まり、もう一度顔にハンカチを当てた。通りに出ると、いちだんと暑そうだ。しかし、こんな暑さはすぐに過ぎてゆくことがわかっていた。動きさえすれば、体を機能させていれば、すべてうまくいく。〝そのうち涼しくなるだろう〟と自分に言い聞かせようとさえした。笑みを浮かべたつもりだが、顔は無表情のままだ。表情を抑えつけていたのだ。思考だけが意のままにならない。まるで映画のハイライトシーンに向かう直前の有名俳優のそれと化している。〝心室に血が流れこむ……マッチとスプーンを使う……おまえヘロインを刻め。いや、おれがやる。焼かない、いや、焼こう。拳の裏側、心室に血。落ちつけ……落ち着け……クールになれ〟

地下鉄入り口の鉄柱にもたれて、ワーナー博士は考えをまとめようとした。煙草に火を点けた。しかし、煙草はすぐにニューオリンズの煙が充満したボックス席を脳裏に甦らせた。そのとき、彼がこれからしようとしていることが、抵抗しがたい重要性を帯びて唐突に浮かんだ。今まではマリファナ、これからはヘロインだ。ヘロインはもっと強力だ。その言葉を疑ってはいたが、ヘロインを超えるものは思い浮かばなかった。ヘロインこそがもっと強力なのだと、彼は考えた。〃取りかえしはつかないぞ……血液に直接注射するものだから吐き気はしない。後戻りは出来ない。やめられないと聞くしな……〃

そのとき、一台のタクシーが曲がり角すれすれに通りすぎていった。信号の変わり目に合わせて減速したその瞬間、ワーナー博士の目は、自分だけに見える鮮やかなイメージを四角いフレームで車の窓ガラスから切り取った。煙草を地面に落とし、ゆっくりと足で踏みつけた。今の自分に必要なことがすべて実行できる、と思えた。

通りの向かい側にある路地を目指して道路を横切る。ファストフード風のレストランが路地の入り口にあった。夏の暑い夜、ドアと店の正面のガラス窓は開け放たれている。そこでは、《ビールあります《モルテッド》》という小さなネオンから生まれる柔らかく透明な四角い光の粒の上にさらに光が降り注ぎ、耳障りな車の騒音とともに赤い刺し傷のようにうごめく道路と、その向かい側にある酒メーカーのネオンの点滅に乱されながらも、舗道や曲がり角にミルクグリーン色の光が長大な列をなしていた。一方、店の中にあるジュークボックスからは、よくうたうテナー・サックスの音が聞こえてくる……行き交う車の波に逆らうネオンを飛び越えて、その上を突風のようにかすめては、音の剣を振り回して辺りをあっと言う間にめちゃくちゃにして跳ね返ってゆく。びっくりさせるためとしか思えない。

周囲の舗道に立ち、レストランの正面の壁に寄りかかったりして、三、四人の若者たちが、それぞれ好きなように音楽を聴いていた。あるいは、ただつっ立っているやつもいる。態度や衣服には仲間っぽさもなく、どうやらそれぞれがひとりで来ているらしい。だが、その顔つきには、いずれも判で押したような強烈な倦怠と優雅な陶酔が浮かんでいた。そうさせているのは、単なる文明を越えた素晴らしい何かだ。

ゆっくりゆっくりと歩を進め、博士は路地とレストランのある角にたどり着いたところで一休みした。それから数分間、立ったまま音楽に耳を傾けてから、壁にもたれかかった。

隣にいるのは二五歳くらいの青年だ。男はエル・グレコの描く聖人画のように痩せこけていて、その瞳は二本の黒い針のようだった。博士が隣に来たことにも気付いていないらしい。しばらくして、ワーナー博士は、男に話しかけた。男の方は見ず、正面を見据えたまま、柔らかく抑揚の無い声で。

「やあ。調子はどうだい?」

青年は博士を一瞥し、ゆっくりと、笑っているような、からかい気味の視線を投げた。

「おれに言ってるのかい、おっさん」やっと口を開いたが、唇はほとんど動いていない。「おれに訊きたいことでもあんのか」

「ええとだな」とワーナー博士は言った。「わたしは今着いたところなんだ。今夜、何かおもしろそうなことがあるんじゃないかと思ってね。わたしはあれが欲しいんだがな、わかるだろ?」

「悪いが、知らないね」と男は答えた。とんでもなく遠くから言っているような声だった。

ワーナー博士は失望を抑えて、力無く微笑んだ。

「なあ、がっかりするなよ、おっさん」と男は言った。「正直に言ったんだよ。おれは金にも興味ないしな。だが、おれの聞いた話ではだ。わかるかい。おれのよく聞く話では、ヤクを買うにはどっかの店でラリってればいいんだそうだ。イカしたジャズ野郎が吹いてるとこでな」

男は顔をそむけ、まっすぐ正面を見据えた。

「たとえば誰?」やがて博士がたずねた。

「そうだな、バードみたいなやつだ。知ってるだろ?」

男は向きなおり、ゆっくりとおぼろげに博士の方を見た。そして、かなりの重労働でもするように、路地の奥を指さした。

「なあ、あの灯りが見えるか? 突きあたりのさ? あそこでは何だかおもしろいことが起きてるはずだぜ」

ワーナー博士は肝に銘じるようにうなずいた。「最高だ《クレイジー》」そう言って、別れ際に打ち解けたウィンクをした。「またな」

男は関心無さそうに視線をそらし、壁にそっともたれかかった。

路地は仄暗《ほのぐら》く、うずたかく積まれたゴミ袋の山から放たれるまったくの暗黒が連なっている。歩くうちにワーナー博士には生気が戻り、口笛で、さっきジュークボックスで聴いたメロディをほぼそのままに再現していた。

それから彼はある一文を心に焼き付けようとした。〝コードはパターン通りに進行しても、リフは無調でフリーな感じを維持し続ける――〟そして、活字にすればイタリックの〝リフ〟をうまく脳裏に刻みつけて、その言葉と文章が目もくらむような白い閃光の中へ消え去ったそのとき、暗がりから一本の腕が振りかぶられ、博士の後頭部に一本の短い鉄パイプが打ち付けられた。二つのゴミの山の間によろめき倒れながら、さらにもう一発くらった。紫と灰色がかったコイル型の弾倉と遊底《ボルト》から白い光が放たれ、後は黒々とした血がだくだくと重く波打ちながらあふれ出た。

　ひとりの男が博士の腕時計をはずして財布を空にし、その間、もうひとりが博士の片側のポケットを探った。ふたりとも手袋をしていた。

こきおろし

Put-down

ラ・フォーレ・ホテルのテラスに並んだテーブルの前を、かろうじて歩いていると言えるくらいにゆっくりと通り過ぎようとして、彼らは立ち止まった。横を向いて、所在なげに突っ立っている——どう見ても、四人の典型的なアメリカ人が彩り豊かな夏のパリの午後に迷子になってしまっている風にしか見えない——まあ実際、かつてはよく道に迷った。今ではもうそんなことはないが。

「喫ってみたいか?」とボリスが澄ました顔でぽつりと問いかけた。

アーロンはその意味を考えながらも、好みの顔を探してテーブルをじろじろと見渡すのに夢中になっていた。

プリシラはハッと息を飲んだ。「何のこと?」とひそひそ声で言う。「……お茶《マリファナ》?」最初にヴァイオレットに訊ね、続いてボリスに。ボリスは突っ立ったまま、少し笑って、彼が今住んでいる通りの方へと顔を向けるだけだった。

「何なのよ?」プリシラは知りたがった。

「何だっていいだろ?」とアーロンは急に視線を仲間に戻し、わかりきったこと、としかめ面をした。「……上等なものなんだろうな? ボリス」彼は神経過敏で、慎重で扱いにくいタイプのヘビー級インテリなのである。

「ハシシよ」とヴァイオレット。

「ハシシですって!」プリシラは手を叩きださんばかりに喜んだ。「ボードレールはジャム《コンフイテュール》の中にそれを入れてたそうよ!」彼女は大声をあげた。

「その通り」ボリスが言った。「わかったかい?」

「それじゃ、行きましょうか」とヴァイオレットが言った。彼女は最初からずっと笑みを浮かべていた。


ボリスの部屋はもともと広かったはずだが、中はとても暗かった。窓に重々しいカーテンがかかっているし、部屋の真ん中にぶら下がっている電球も、新聞紙でぐるぐる巻きにされている。

四人はベッドに腰掛けた。ベッドのそばの壁には、深い色合いをした薄いボディのスパニッシュ・ギターが立てかけてあった。プリシラはそれをこわごわと手に取った。

「素敵ね」と彼女は言った。

アーロンは、彼女の態度にいらいらしているのか、フンと鼻を鳴らした。

一方、ボリスは座ったまま、ナイトテーブルの上に身を乗り出して、煙草《ハシシ》を巻いている。

「そりゃそうだ」と彼はつぶやいた。

ヴァイオレットは吹き出しそうになった。

「あのさ……」アーロンは何か言いかけて、途中で口をつぐんだ。

「汽車が駅に着きましたよ、と」とボリスはようやく一本の煙草を巻き終えながら言った。その煙草は、アラビアのターバン風に白い紙でぐるぐる巻きにした煙突のようなかたちをしている。注意深く火を灯し、ゆっくりと炎を大きくし、食パンの端にも似た先端を燃やした。

ボリスは煙を肺まで深く二度吸い込み、プリシラに煙草を手渡した。もう誰もしゃべらない。プリシラが大きく一回吸い込んで次に回し、ヴァイオレットとアーロンへ。そして最後にスタート地点、ボリスのもとへ戻ってくる。始めたときは、片方の端がひしゃげた白い紙になっていたので中身は空っぽのただの紙巻き管に見えたのに、今では全体が唾でくしゃくしゃになり、かたちも崩れ、白い部分も半分ほどになっている――焼けた部分は、火が点いたままで固い灰となり、まだそのままの長さで残っている。指ではたいてもそう簡単には落ちてゆかない。煙草は再びプリシラへ、ヴァイオレットへ、アーロンへ。それぞれもう一度ずつ、計三度回された。最後には燃えかけの小さな紙切れと、用をなさない濡れた煙草だけが残った。

そのあとボリスはプリシラの膝からギターを取り上げた。手にしたギターを頭に密着させてから、自分の耳だけに聴かせるかのように、銀色の弦を優しく爪弾いた。その甘い音色は、ひとつひとつが柔らかい。そして、スクリーンを平行に横切っては遠い宇宙に去ってゆく。あるいは、奥からまっすぐこちらに向かってきては、スクリーンに後ろからぶつかって跳ね返り、雪の結晶の表面をなぞって伸びる真紫色の滴のように拡散してゆく。

プリシラは、アーロンの腕にもたれかかり、眼を閉じたままギターを聴いていた。しばらくすると、その音はボリスの軽いハミングになっていた。ボリスはナイトスタンドの下で、黙々と楽しげにもう一本を巻いていた。

ヴァイオレットは壁にもたれて座ったまま、ベッドに一番近い壁紙をしばらくじっと見つめていた。その姿を見ていたのか、ボリスは宴の主催者として抜かりなく気を利かせ、彼女に点鼻薬の瓶を手渡した。中には水銀がほんの少し入っていた。手に垂らすと、その液体はたくさんの濡れた鏡になり、ごく小さな銀貨のように小さく丸まった。顔を近づけたときには、そんなに丸くなっていなかったからか、ヴァイオレットは両の手のひらで水銀の玉を行ったり来たりさせている。床に落っことしてしまいそうだ。それを防ごうとして、ボリスは新聞が巻かれた電球の明るさを調節しようとのろのろと立ち上がった。ヴァイオレットは明かりのすぐ近くにひざまずいた。薄明かりのそばで、ぼんやりと浮かぶ手のひらに見えるものが何なのか、こうすれば早くわかってたのに、という顔をして――明るくなったおかげで、今やはっきりとわかった。柔らかい銀色の月みたいなものと、黒くどっしりとした闇を背にして手のひらが形作る大きな山。その全景をいろんな角度から眺めるうちに、弾けたかけらは散らばり、キラリと輝きながら斜面で止まる。山の下では、手の皺が鋭く窪んだ平行に走る溝となり、その奥深くで見え隠れして光っているものもあれば、それを乗り越えて、ひとつ、ふたつ、みっつと、暗闇に消えてゆくものもある。

ヴァイオレットとボリスは互いに、大きな水銀の塊に向けて、近くにある水銀の粒を動かし始めた。ボリスは、ハシシのくずをテコの原理で使い、水銀を後ろから転がすように押している。一方、ヴァイオレットはブロンドの髪を一本抜いて、輪を作り、引っかけるようにして自分の方へ引き寄せようとしていた。しかし、この方法では、おそらく水銀の重さのせいでなのか、髪はその下をくぐってしまう。髪の毛に引っかかるものの、するりとこぼれてしまっていた。

「バラバラになってしまうわ」と言ったそのときも、ヴァイオレットは、水銀が弾ける直前の、髪の毛が張る瞬間に気を取られていた。瞬時に髪を引っ張れば、うまく引っかかったかもしれない。おそらく、すぐそばの溝の中に入れる程度のことですら、彼女に最高のスリルと興奮を味わわせていた。

「もっと落ち着いた方が転がるかもよ」とボリスは、溝の縁に水銀を集めながら言った。そして、最初の一個を、銀色の親玉《マザー》のすぐ手前に置き、反対側から自分の爪でマザーを手前に押しだした。二人は厳粛なる水銀の融合を見守った。ふたつの表面が触れ合い、マザーが重くのしかかる。円い表面が平らになり、銀に黒い線がにじむ。やがて軽く震えながら、ひとつ、またひとつと、やわらかく冷たい金属で出来た大きなぬかるみの中にと折り重なってゆく。

プリシラとアーロンがベッドから降りる頃には、ヴァイオレットの手のひらの真ん中には、一個の大きな水銀の玉が出来上がっていた。やがて、ボリスとヴァイオレットは部屋の左隅に向かった。次はこれをやらなくちゃと、床に落ちた水銀を一、二列、ときには三列の大きな溝を越えさせながら転がすことに熱中している。

じゃあわたしたちも、とプリシラとアーロンの二人は、もう片隅で同じことを始めた。プリシラはほうきの枝に使う藁の欠け端で器用に、アーロンはそれほど器用ではないが、より確実にマッチ棒で。

ここで突然、プリシラが動きを止め、皆に呼びかけた。「小さいのをいくつか合わせたら大きなやつになるでしょ。そしたらそれを集めて、最後にひとつにするの」

彼女が身を起こしてそう主張しても、他の連中は黙々と作業を続けた。示し合わせたように、うつむいて、聞こえないふりをしている。

「賛成してくれないの?」と、彼女は言わずにはいられなかった。

その問いにも、誰かがまるで隣の部屋から聞こえてくるような小声で「せかすなよ」と答えるだけだった。

「ねえ、ちがうの」顔を大きくゆがめてプリシラは言った。「だって、こんなバカみたいなことやってても意味無いじゃない、ねえ？」

「落ち着けよ」とアーロンは、四つの粒を溝の縁すれすれに並べ、ゴルフボールのように飛び越えさせながら言った。最後のひとつは失敗して、早く上に上がりすぎ、ひどく緩やかなカーブを描いて向かいの壁にぶつかり、スローモーションで溝の底へと落ちていった。アーロンはマッチ棒を使い、不機嫌そうに、落ちた水銀を探した。

「ほらね」とプリシラはその光景を見て言った。合わせた両手をぎゅっと握りしめている。

「あの四つをひとかたまりにしてたら、そんなところ、簡単に転がして越せたのに！」

「さっきだって飛び越してたさ」とアーロン。

「その落っこちたのはもう絶対取れないわ」と見込みなさげにプリシラ。

ヴァイオレットは腹這いになって、顔を伏せて笑っている。

しかし、アーロンにはプリシラの声しか聞こえず、わずかな間、その顔を間近で見つめた。

「どうしてさ？」と、答える声が強ばっている。だが、やり方を間違っていたことに気が付いたのか、急に声が明るくなった。「取れるに決まってるだろ……ほら、見つけたぞ」

それからしばらく、二人一緒にあれこれやってみたが、結局プリシラは何度も同じことを言う羽目になった。「引っ張り出して！　引っ張り出すのよ！」

「もっと落ち着いてやらなくちゃね」と、アーロンがひとりごとめかして、冷ややかにつぶやいた。「……こんなやり方じゃダメだ」

「何やったって上手くいくわけないわ」とヴァイオレットが顔も上げずに言い放った。

プリシラがふと動きを止めた。「どういう意味よ?」と、カチンときて小声で言った。しかし、ヴァイオレットから返事はない。すぐにプリシラは向き直り、まったく関心が無さそうに、ツンとして早口でまくしたてた。「小さい粒々をひとつにすると、もっといいことがあるわ。転がして溝を越えることが出来るんだから」


目に見える粒はおおよそ大きな親玉《マザー》のもとに戻った。その頃には、四人はおのおの宝探しにのめりこんでいた——小さな溝の中や釘の頭の裏にときどき粒を発見すると、他の三人も興奮して集まってきた。あるとき、今にも何かが起きそうな様子で、ひとりプリシラがしゃがみこみ、そのまま、しばらくじっと下を見つめている。

「どうしたんだ?」それを見てアーロンが、他のふたりに感づかれないよう、今度は静かに話しかけた。

「この下にね」と、プリシラが指さした場所をアーロンは覗き込んだが、彼女には見えているものが彼には見えない。暗い闇の中にうずもれて、溝の中の青白く輝いているはずのものが、もつれた毛玉や綿ぼこりの奥で死んだような灰色をしていた。

やがて、彼女ほどにはっきりとではないが、彼にもそれが見えた。しゃがみこもうとして、いったん止める。「大丈夫?」と優しく問いかけ、肘でそっと彼女をこづく。一緒に見ようと言いたかったのだ。

「なんでもない」彼女は言った。「あなた見て」と彼女は少し臆病に笑った。

アーロンは不服そうに鼻を鳴らした。「おいで。一緒に見よう」

そして、二人は頭を寄り添わせてしゃがみこんだ。溝の中を覗いては、ダイヤモンドのように目を輝かせて、彼女が見つけた宝物を見つめた。

溝の奥は暗く、狭かった——あまりの狭さにアーロンのマッチ棒は使い物にならず、プリシラの使っていた藁を借りて、大事なところを突っつかなければならなかった。

「そうじゃないでしょ」と彼女は息を止めて言い、彼の手首を握って注意をうながす。

アーロンはその手を振りほどくと、さらに用心深く藁を動かそうとした。もっと上の方、もつれ合った毛玉のぎりぎりまで——その間、ヴァイオレットは頬杖を付き、うっとりとその光景を眺めていた。一方、ボリスは眉をひそめて、首を振った。「気を取られないようにな」と、その先を見越すようにボリスがアーロンに言ったとき、藁の先にあった水銀は灰色の中に消え去ってしまった。まるで奥に潜む、怒れる生き物がしでかした不意の出来事。それを見たプリシラは、めいっぱいに悲鳴をあげた。

ヴァイオレットとボリスはひどく不機嫌そうな顔をしている。アーロンはしばらくの間、突然のことに言葉を失い、あっけに取られてしゃがみこんでいた――やがて我に返り、泣き出したプリシラをベッドに座らせ、あたふたと彼女の周りを動き回りながら落ち着かせようとした。気にするなよ、ベイビイ、大したことないよ、ベイビイ、全然大したことないんだから。

「わかってる、わかってるわ」とプリシラ。

「だから、気を取られるなって言っただろ」と床に座ったままボリスが言った。彼は、溝のすぐ下に真っ直ぐ伸びた出っ張りの上で、とても小さな水銀の粒をふたつ寄せ集めていた。今まさに、それがひとつになるところだ。

「わかってる、わかってるわ」ぐすぐす泣きながらも彼女は感謝した――ボリスが自分に向けて話しかけていると思ったのだろう。

カフカ VS フロイト

Apartment to Exchange

登場人物

フランツ・カフカ：年は三四歳前後、中背、細身、そして、やせこけた幽霊のような極端に繊細な顔つき。いなかの銀行員らしく、色の暗いスーツを丁寧に着こなしている。立ち振る舞いには妙に堅苦しいせせこましさと小心さが見られ、言葉と行動のひとつひとつから行き過ぎた自意識過剰ぶりがうかがい知れる。

フランツの母親、カフカ夫人：いらいらしている、所有欲の強い女性で、年は五五歳前後——その神経質さは、一般的に言う〝そわそわしている〟状態ではなく、常に何事に対しても我慢がならず、激怒寸前といった調子に見える。そして、実際にしばしばその状態に突入する。

フロイト博士：年は六〇歳前後、銀色に光る白髪ときれいに刈り揃えられた髭を湛えた大柄で快活な男性。同じく暗い色のスーツを着ているが、カフカと違い、着こなしは一見だぶだぶでだらしがなく、まるで見かけなど大したことじゃないという感じ。圧倒的な自信家で、ときおりほとんど怒鳴り散らすような大声で陽気に発言する。身振り手振りも大げさである――一方で（思慮深げに髭をなでながら）しばし沈黙して瞑想にのめりこむときにはある種のずるがしこさがはっきりと表情に浮かぶのが常である……この不思議なやり方の短い熟考は、いつでも彼に的を射た意見をもたらす。

【第一幕】

夕方。カフカが母親と一緒に借りているプラハのアパートの一室が舞台。うんざりするほど中産階級的な小さなリビングである。壁際の長椅子《ディヴァン》と、それに似合った肘掛け椅子、趣味の悪いランプがいくつか、置き時計が一個、家族の写真が数点、グロテスクな花瓶と石膏像が二、三個、風景画が一枚、大きな土産物用の貝殻、ラジオ、本棚に本が一列、その他もろもろ。舞台の左手である壁際には、小さな執筆用の机がある。

ガラクタばかりだが、室内には掃除が行き届いていて、（薄明かりのせいもあるが）清潔で整理されているように見えるし、居心地良いとさえ思える。

幕が上がる。舞台中央には肘掛け椅子に座った母親がいて、前をまっすぐにらみ、イライラしながら肘掛けを指で叩いている。やがて、彼女は置き時計に目をやる（ただいま六時）。大げさにため息をついたそのとき、舞台右袖のドアの向こうから音がして、鍵が開く。母親は腕を組み、ドアをじっと見つめる。フランツが部屋に入ってくる。

母親　（機嫌良く歌でも歌うような声で。いまいましいヒステリーはどうにか治まっている）お・そ・いわね、フランツ！　おそいわよ！

フランツ　（陰気な様子で腕時計に目をやり、置き時計と見比べて、おそろしく冷静にしゃべる）いいえ、あなたが間違ってるんですよ、お母さん。わたしは会社を五時三五分に出ました。今は六時を二分過ぎたところです。この二七分間はバス・ターミナルに向かって歩き、バスから降りてここへ歩くのにかかった時間です。（指を一本立てて、トランプのカードで遊んでいるように気取った雰囲気で付け足す）それから……バスに乗っている時間も加わります。（柔らかく、言いくるめるように）しかしそれでも、〝遅れた〟と〝比喩的な〟意味でおっしゃるのでしたら、それはある種の解釈の問題と言うべきでしょうね……〝解釈〟の問題ですよ。そこにあるのは言わば――

母親　（両手で頭を抱え、叫ぶ）フランツ！（椅子から立ち上がり、フランツのもとへ素早く歩み寄り、強く詰問する）広告は載せたんだろうね？
フランツ　（コートを脱ごうとして）はい。
母親　（こらえきれず）そうかい、じゃあお見せ！
フランツ　（コートを半分脱ぎかけ、腕にかけて折り曲げたところで、横のポケットから突き出ている新聞に目をやる。母親に新聞を渡す前にコートを脱いでしまうべきか、それともコートをまた着て、両腕を自由にしてから、今すぐ新聞を渡すべきか、しばし逡巡している。着るか脱ぐかと中途半端な動きを繰り返し、やがて決心し、口を開く）まずコートを脱がせてください。
母親　（激怒して）フランツ！
フランツ　さてと。（コートを着て、ポケットから新聞を引き抜き、母親に手渡す。そして、不完全にコートを着たまま言葉を続ける）ではまず新聞をお渡ししましょう、それから（コートを脱ぎ、観客に背中を向けてそれをかける動きにつられて、声はほとんど聞こえないほど小さくなる）……コ…オ…ト…を…脱…ご…う。
母親　（新聞を手に椅子へと向かい、腰を下ろして紙面を開く）どこ？　どこだい？
フランツ　五ページの、二欄目です、『アパート交換します』という見出しの下ですよ。（何をしたいのかはっきりしない様子で部屋の中をぼんやりと見渡す。それから腕時計に目をやり、置き時計との誤差をチェックする。やがて舞台を横切り、左手にある仕事机に向かい、腰掛け

る。母親に気付かれないようこっそりと胸ポケットから小さな手帳を取り出して広げ、あるページをしげしげと眺めている）

母親　（いやしそうに新聞の小さな一欄を目で追いつつ）どこだい、フランツ？　何も載ってないじゃないか！　何にも！

フランツ　（冷静に）一箇所あるでしょう、五ページの二欄目の、すぐ下です……（いったん言葉を止め、ためらいがちに続ける」……いや、下の方と言うべきですね……そうです、『アパート交換します』という見出しの下の方です。

母親　なにこれ！

フランツ　（無言のまま、不愉快な表情をわずかに浮かべ、母親を見る）

母親　（疑い深げに）こんな……こんなものが広告だって？

フランツ　わたしがさきほど申しました広告のことをお母さんが言っているのでしたら、その通りです。その推測が正しければですが——

母親　（ひどく興奮している）これがおまえが昨日から一日半もかけて書いて、書き直しまでしたものなのかい？

フランツ　（弱々しく曖昧な自信とともに）もちろん、書き直しもしました。でも、おわかりになるでしょ、それは——

母親　だって、これじゃ意味がないわ！　意味がないだけじゃなくて、わけもわからないわ！

フランツ　〝意味がない〟というのは――

母親　フランツ、おまえはおめでたいやつだよ。おまえはさんざん書き直した挙げ句、まったく無意味なものにしちまったんだよ！

フランツ　（不愉快な顔付きになったが我慢して）その点については間違っていますよ、お母さん……あなたの使いたい〝意味〟によるのではなく――

母親　おまえは〝簡潔に変位〟だなんてことを書いて！　何でまたいったいそんなわけのわからないことを言うのかね？（広告に使われている一節をゆっくりと読み始める。激しい驚きを込めて）〝わたしはみなさまにほのめかしてもよいかと存じます。「ほのめかす」という言葉をあえて使うのは、「提案する」ことを望まないからです。というよりむしろ、「提案する」という言葉の範囲を「少しだけ提案する」に限定したくないからです。この言葉本来の意味からすれば、おそらく……〟（そこで読むのを止め、絶望的に自分の頭を叩く）ああ神様！　またお金をドブに捨てたわ！

フランツ　（ぐっとこらえて）隠喩的な意味でおっしゃっているのですね――

（ドアをノックする音）

母親　さあ、開けておあげ！　とっとと立って、歩いて、開けるんだよ！

フランツ (メモ帳を机の上に置いたものか、ポケットにしまったものか決めかね、親指でページをパラパラとめくるが、やがて決心してテーブルの脇にそれを置き、立ち上がってドアへ向かう。途中まで行ったところで、突然机に戻り、メモ帳を胸ポケットにしまおうとして拾い上げるが、もう一度考え直し、テーブルの脇に置き直してドアへ向かう。母親は苦悩にみちた苛立ちをつのらせて両手を顔に当ててうつむいている。フランツは元気良く答える) 今行きます! (ドアを開ける。フロイト博士が部屋に入る)

博士 (偉そうに) あなたがカフカ氏かね?

フランツ (一瞬とまどったが、きっぱりと) はい。そうです、その通りです。

博士 よろしい! わたしはドクター・フロイト——ドクター・ジークムント・フロイトだ! ウィーンから参った! 今朝の新聞に載っていた『アパート交換します』という広告のことで伺ったのだ! (目を輝かせながら、フランツをじろじろ見る)

フランツ どうぞ中へ。(博士はすっと部屋の中に入る)

母親 (強い調子で) 誰だい、フランツ?

フランツ (やや気取って) 誰かさんが期待していたことです——あの広告に反応がありましたよ。こう言ってよければ、正しかったことが証明されたようですね、わたしの—— (母親と博士を互いに紹介していなかったことに気付く) 失礼しました。これはわたしの母です、そしてこちらはドクター……ドクター……あの、おそれいりますが——

博士　（眼鏡の位置を整えながら、フランツを興味深そうに観察する）「おそれる」だって、フランツ？　何故きみは「恐れる」？（母親に向かい）ドクター・ジークムント・フロイトです、マダム。ウィーンから参りました！（彼女の手を取り、古き良き時代の礼節めいたお辞儀をする）

母親　（うっとりと）あの華やかなウィーンから！

博士　（陽気ないたずら者という調子で）その通り、華やかなウィーンからです！　ハッハッハ！　そうです、まったくその通り！（両手をこすり合わせウィーン風を気取り、眼鏡をもう一度整えて、今度は母親を観察する）そしてあなたが、もちろん、お母様でいらっしゃる！

フランツ　（考えこむように低い声でつぶやく）はるばるウィーンから。それもこんなに早く。あの広告にある程度は望みを持っていましたが、それでも夢にも……。

博士　（間髪入れず）それでも何だって、フランツ？　んん？

フランツ　（少しびっくりして）いやあ、まったく夢にも思っていなかったものですから。（びくびくしながら笑う）失敗して当然だと思っていましたから、ところが――

博士　（スパッと割り込んで）きみの打った広告だがね――わたしの解釈ではだな、「いたずらっぽく微笑み）ヒヒヒ、「解釈」ではわたしは滅多に負けないよ――わたしの解釈では、あなた方はあの広告で、このアパートをもっと広い部屋と交換したいと希望しておられる、だね？（意味深な目線をフランツに投げかける）さらに、なるべくならばこの街の同じ区画がご希望のようだな？　当たってるかね？

フランツ　（用心深く）はい、大体。いやむしろかなりの点で、そう言っても良いかと――

母親　（とても力強く）まったくその通りです、ドクター！

博士　（意味ありげにうなずく）なるほど。（二人をしばし観察し続けるが、やがてこの親子がさきほどの会話に隠された意味を明らかにつかみそこねたことに少々がっかりした様子で、肩をすくめる。そして部屋の中を歩いて、ぐるりと見渡す）なかなかよろしい。ではちょっとこの部屋を見させてもらおう。ふむふむ、よし、とても……手頃な広さだ！　それにとても整理も行き届いている！　よろしい、わたしはこういう部屋を探しておった。整理が必要なアイデアをひどくたくさん抱えておるからな。まったく、たくさんありすぎるのだ！

母親　（うやうやしく）あなたならこの部屋が清潔だということがおわかりになるでしょう、ドクター。どうにかがんばっているんですよ。（フランツを鋭く睨み付け）何があろうと。

博士　（歩き回りながら同意するようにうなずき）清潔だね、確かに……そして（立ち止まって二人の顔を見つめ、指を一本立て、何か見落としはしないかと注意を喚起するように眉を上げながら）居心地が良い！　なあ？　ハッハッハ。フム。よし、小さくて、清潔で、暖かい！（瞳を輝かせながら、二人に交互に目をやって）明かりを消せば、どれどれ？……ちゃんと暗くもなる。（さりげなく、訳知り顔の笑みを浮かべ）小さくて、暗くて、暖かい。（フランツに面と向かい）いい部屋だよ。わたしが求めていたのはこういう部屋だ、なあフランツ？

フランツ　（やや間を置いて）正直に申しまして、わたしの意見が必ずしも正しいということはありませんが、わたしが思うに、いや、わたしがそう思うに足る理由がここにあるという意味では——つまり、この部屋が、実際に、あなたがおっしゃるように良い部屋ならば、とっくに——

博士　（再び部屋の中を歩きまわり、フランツの机に近付く。彼が置いていたメモ帳を取り上げ熱心にページをめくりだす。フランツがあせって駆け寄る）

フランツ　（必死に）ドクター・フロイト、これは見てはいけません……（メモ帳を摑むが、フロイトは腕を伸ばして渡さず、読み続けようとする。フロイトともみ合いになり、振り返って、叫ぶ）お母さあん！

母親　（二人の男がもみあいながら一台のランプに近づき、ひっくり返しそうになったので、急いで駆けつけて叫ぶ）ランプが！　お願いだから、ランプには気を付けて！（この怒りの爆発を聞いて、フロイト博士はメモ帳から手を離し、眼鏡を直しながら面白げにフランツを見つめる。フランツは取り戻したメモ帳を手にもったまま、服の乱れを直す。激情した様子を見せてしまったのでバツが悪いらしく、博士の視線を避けている。静けさが続く中——フロイトから一心に見つめられながらの静けさは、フランツにとっては落ちつかない——母親はランプについてわめきちらしている）神様ありがとうございます！　わたしのもっとも愛する物のひとつなのよ。シュインデル通りの骨董屋で十二クローネもしたんですもの！（突然フロイト博士に向かい）当然のことですけど、ドクター、わたしたちの家財は一緒に持っていきますよ（身振りでガラクタを指し示す）わたしたちと一緒にね。芸術品ですもの！ このコレクション、ささやかなものに映るでしょうが……主人が始めたんです。（舞台を横切って暖炉棚《マントル》に向かい、うっとりと一枚の写真を見つめる。そしてフロイト博士の方へ振り返るが、彼はフランツを見つめるのに夢中で、あきらかに彼女の話など何も聞いていない）ちゃんとおわかりになりまして、ねえドクター？ このコレクションはこの部屋には付いておりませんのよ？

博士　（彼女の方を興味なさそうに見てうなずき、すぐにフランツの方へ向き直る。長い沈黙。やがて、暗く、しつこく問いつめる）何故そんなに隠したがる、フランツ？

フランツ　（そう質問されることをずっと考えていたにもかかわらず、すぐに首を振って否定する）残念です、ドクター・フロイト。あなたがおっしゃる文脈でこの単語をこんな風に使うなんてわたしにはとても受け入れがたいのですが――わたしが今言っている意味の〝残念〟とは、つまり――

母親　（怒りながら割り込む）フランツはまだ揺りかごから這い出たばかりの、ほんの子供なんです、ドクター・フロイト。おわかりでしょ？（フランツは激怒して母親をにらむ。まるで彼女の発言の構文に異議を唱えるような顔をしている。博士は即座に興味を示し、彼女が座っている肘掛け椅子へと歩み寄る）

博士　揺りかごからだって？ そりゃどういう意味かね？

母親　おやまあ、揺りかごがおわかりにならない？（指を一本、こめかみのあたりに置く）

博士　（いらいらしながら）いや、それはわかる。でも何故〝揺りかご〟なんです？　どうして、そんな特殊なイメージを使わなくてはならないのか腑に落ちませんな。（室内を歩き始める。スーツの比翼仕立てになった合わせの部分をぼんやりとさすりながら、聞き取りにくい声でぶつぶつと）揺りかご、揺りかご、揺りかご……揺りかごから出る。ふむふむ。揺れる、揺り椅子《ロッキン・チェア》、揺り馬《ロッキン・ホース》、ねんねんころり《ロッカバイ・ベイビィ》。（母親に向かい）ひとつ質問。子供の頃、馬を飼ってたことは？

母親　（かんかんになり）そんなバカな！　ドクター、ご自分の目的をお忘れのようですね。そろそろ本題に話を戻してもよろしいでしょうかね？

フランツ　そうですとも、ドクター。それが一番いいことです。いろんなことはありますが、わたしは、ひとりのお客様として歓迎します――

博士　よし、よし、わかった。きみたちはまったく正しい。よろしい。で、どこまで話したかな？　おお、そうか、このアパートか。（歩き回り、上下を見渡す）それで、こういうものは全部（ガラクタを指し）キレイにしてもらえるんだろうな？　ふむ。よし、そうすればこの部屋もかなりマシになるだろう。では、きみたち、コートを着なさい。コートを着るんだ！（二人のコートがかけてあるのを見つけると、そそくさと掴み取り、フランツと母親が着るのを手伝う）よろしい！　すこしばかり散歩でもしようじゃないか、ヒヒヒ、わたしの部屋までね！

（三人がドアへ向かい、暗転）

【第二幕】

舞台は暗い。階段を上る足音が舞台右手の奥から聞こえ、やがてドアを開ける音。明かりが点き、フロイト博士がドアのすぐ内側にある照明のスイッチに手を伸ばしているのが見える。続いて、フランツと母親が現れる。

博士　（二人を先導しながら、両手をこすり合わせている）さあ、着いた、着いた、と！

（ロフト風になった部屋はかなり広く、テーブル一台と椅子一脚、二個ほどのマットレスを除いて、ほとんど家具らしきものは無い。本とくしゃくしゃの紙屑が散乱し、食用缶詰が転がっている。トランクが二個、蓋が開いたまま壁に斜めに立てかけられ、中身は床に飛び出している。壁の向こうの、舞台の左手に、約四フィート平方くらいに仕切られた小部屋がある。その近く、舞台の真ん中の床には、約三フィート平方の四角い穴が開いている）

母親　（部屋を値踏みするように）結構ですね！（フランツは部屋を見渡し、ひどく不機嫌そうにしている）

博士　（小部屋につかつかと歩み寄る）よく見ておいてくれ。ここには一分もいないから。わたしはこの中を調べておきたかったのだ……（小部屋に近付くにつれ声はだんだん小さくなる。博士は覗き窓を開けて中を見て、ノートを一冊取りだしていくつかの走り書きをし、書き留めた内容を吟味する）ふむふむ。おもしろいな。ふしぎ、ふしぎ。（ノートを閉じ、二人に呼びかける）さて、どうかねこの部屋は？　広々として自由な感じだろう。なあ、フランツ？

フランツ　〝自由〟という言葉であなたが伝えようとしている意味はひょっとして――

母親　（割り込んで）でも、ここには何にも……何にも生活設備がありませんわ、ドクター！　台所は？　お風呂はどこにあるんです？

博士　（もどかしそうに）台所、台所ね。もちろんここには台所などない。栄養さえ十分に取れれば、食い物なんか何だっていい。まったくその通りだろ。生ゴミは、この穴にどうぞ。（床の穴を指さす）

母親　（愕然として、穴に近付いて覗き込み、身震いして、卒倒しそうになる）フランツ！　家に帰りましょう！

フランツ　（なだめようとして）お母さん。わたしたちの評価は必ずしも正当ではないのかもしれませんよ。いやむしろ、悪いところを見て評価しているので正当でないように感じられるというか。それとも――

博士　（きっぱりと）ゴミ捨ては大仕事で、いつも悩みの種なんだ。ところで、あれを見たまえ（小部屋を指さし）……あそこにはわたしが観察しておる若いサモア人夫婦が入っているのだが……。

母親　（ショックを受けて）若い夫婦？　何ですって！　あんなものの中に人間がいるですって？（小部屋に向かって歩いてゆく）

フランツ　（母親を追い）お母さん！

博士　（意地悪く）すぐにわかるよ。あの夫婦がこの部屋に合わなかったことは。

母親　（ブースにたどり着き、覗き穴を開ける。そして中を見て、目にした光景に肝をつぶし、金切り声をあげながら後ずさりする）フランツ！（ゴミ捨て穴に転がり落ちる）

フランツ　おかあさぁーん！（母親を追って穴に飛び込む）

博士　（舞台を横切り急いでロープと懐中電灯を取ってきて、叫ぶ）しっかりしろ！　しっかりしろよ！（穴に駆け寄って中を覗き込み、ひざまずいて、懐中電灯で中をあちこち照らす。やがて博士の表情は〝心配〟から〝魅惑〟へと変化する。ロープを脇に投げ、ノートを取りだして、穴を覗き込んで気が付いた点を書き付け始める。そして、興奮してぶっきらぼうに）よし、よし……上出来だ！　……よし、よし、反応せよ！　……反応せよ！　……ヒヒヒ……反応するのだ！

（穴の周りを照らし出す懐中電灯の明かりだけを残して、舞台は暗転）

恋とはすばらしきもの

Love Is a Many Splendored

第一話　一本の電話

舞台：一九一四年、とある冬の午後、プラハにあるカフカ家。ここに、フランツ・カフカは次の年まで母親と住んでいた。その年、彼は三五歳になった。

フランツは銀行の事務仕事から帰ってきたばかりで、小さな居間にある読書灯のそばに腰掛けている。夕刊を膝に乗せ、何か考えるように床を見つめてから、夕刊をゆっくりと広げる——そのとき、電話が鳴った。隣の部屋で夕食の準備をしていた母親が足早にこちらの部屋へと入ってきて、手を拭きながらフランツを鋭くひと睨みして、電話を取る。フランツは開きかけた新聞を閉じて、母親の取った電話が気になるような素振りをみせる。

母親　（不愉快そうに）もしもし？

電話の声　もしもし、カフカ君はいらっしゃいますか？　フランツ・カフカは？

母親　フランツ？　なんでまた……おりますが。どちらさまですか？

電話の声　ジグと申します。

母親　どなた？

電話の声　ジグです。フランツの友人です。

母親　（困惑気味に）わかりました。少々お待ちください。（フランツに、苦々しい笑みを浮かべ）あんたにだよ。

フランツ　（顔を上げ）はい？（新聞を丁寧に畳み直し、少しして、観念したようにそれを脇に置き、立ち上がって、電話を持っている母親のいる部屋へ行き、片手を受話器に伸ばす）

母親　（簡単にはだまされないよ、と言う風に）ジグだってよ。

フランツ　（狼狽して）誰ですって？

（母親は何も言わず、電話を彼に手渡すときに訳知りな視線を投げかけ、そそくさと部屋を立ち去る。が、すぐに戻ってきて、ダイニング・ルームと電話の間に立ち、手を腰に当て、明らかにフランツが電話を終えるのを見届けている様子）

フランツ　（陰気に電話に出る）もしもし。

電話の声　もしもし、フランツ？　きみか？　ジグだよ。うん？

フランツ　はい。はい、フランツです。どなたですか？　おそれいりますが……

電話の声　おお、〝恐れる〟だなんて、フランツ。ハハ！　ジグだよ。覚えてるだろ。ジグだよ？　ジギー。ほら、ウィーンの。ジグ。ジークムント・フロイト。

フランツ　（仰天して）ジークムント・フロイト？　ジークムント・フロイト博士？（理由を知りたそうに）どうして……？

電話の声　（快活に）そうとも、わたしはフロイト博士だ！　ハハハ！　再会できることを待ち望んでいたよ、フランツ。新しいアイデアがいくつかあってな。まあその——実際、多すぎて困るよ。ハッハッハ……さて、きみに相談したいことがいくつかあるんだがな。どうかね、なあ？

フランツ　ああ、わたしは……フロイト博士。つまり、〝夢にも〟思っていなかったものですから……

電話の声　（めざとく）〝何を〟してなかったって？

フランツ　いえ、いえ。つまり……その、自分でも本当に〝夢にも〟思っていなかったんです。（びくびくと笑う）〝希望〟するどころか、〝想像〟したこともなかったんです。わたしの気持ちとしては……つまり、わたしは……

電話の声　（イライラして）なあ聞きたまえ、フランツ。わたしにはきみが必要だ。とても必要なのだ！　では答えてくれ、はたして〝欲求〟とは――もちろん、非常に限定的な意味で使っている――射精への〝欲求〟と呼ばれるものは、勃起状態より先に生じるのだろうか……どうかね？……あるいは勃起状態が先にあってそれから〝欲求〟なのか？　教えてくれ、フランツ・カフカ君！　なあ？（しばらくの間続く、抑えが効かない笑い声。ホッホッホ！　ハッハッハ！　ヒッヒッヒ！）フランツ！　おい、フランツ！　聞いてるのか？　うん？　まあ、これは単なる冗談だ、フランツ！　おまえをからかった新しい冗談だ！　あー！（電話が切れる）

フランツ　もしもし。もしもし、もしもし。（受話器のフックをゆっくり上げ下げする）もしもし、交換手さん、切れてしまったんですけど。もしもし、もしもし。

母親　（電話の方までやって来て受話器をひっつかみ、不機嫌そうに強い調子で訊ねる）いったい何なのさ？

フランツ　（不安気に、後ずさりしながら、受話器を奪い返す）フロイト博士からの電話だったんですよ、お母さん。切れちゃったんです。今、交換手さんを呼んでるんですよ。もしもし、もしもし。（荒っぽくフックを上げ下げする）もしもし、交換手さん、もしもし……もしもし……もしもし……もしもし……。

（ゆっくりと幕）

第二話　兵士の退却

兵士は歩き疲れていた。冬の雨が降る夜が何日も続く。しかし雨は気味悪くつきまとう恐怖を遠ざけてくれる。今夜の兵士たちの歩みは、なんと散り散りばらばらで、孤独なことか――まるで木の人形を無理矢理動かしているようだ。傷心の行進を続ける群れは、周りを拒絶している。生きているのか、死んでいるのか？

ジンガーだけが今、煙草を吸っている。その隣を、男がぼんやりしながら、足を深く泥の中に突っ込んで歩いている。ジンガーは退屈していた。ひどく退屈していた。退屈が胸と胃に入り込み、内臓を打ち抜いて穴だらけの篩《ふるい》にして、モルヒネで縫いつけているのだ。

「消す前にちょっと吸わせてくれよ、ジンガー」

ジンガーは煙草を手に持ったまま、何か訊きたそうに彼を見た。「なあ、ジョー、アル・ブラックの姿が見えねえな。最後に見かけたのはいつだい？」

「ずいぶん会ってねえなあ。あの道の向こうから奇襲を受けてから」

ジンガーは煙草を手渡した。撃鉄を上げていつでも撃てるライフル銃よりも重そうに、ゆっくりと。

「いったいあそこで何があったんだ、ジョー？」

興奮を抑えきれずに話の口火を切った。夜の雨の中、まるめた手のひらの中で、煙草の火が音も熱もないケミカル・ライトのように燃えていた。

「何が言いたいんだ？」

「つまり、あの道の向こうから戦車が何台も出てきたんだろ。どんな様子だったのかと思って」

「いったい何言ってるんだ？」

「見たままでいいんだ、ジョー。完全にやられたって感じか？　見たままでいいからさあ」

退屈という一本の震える電線をつたって、恐怖が二人の間に徐々に広がっていった——あるいは、これで疲労感や空腹や寒さが忘れられるかもしれない。寒風吹きすさぶ午後、頭の中や瞼の裏側に、イメージが突然広がる。

「なあ、小屋の向こうからやつらが出てくるのが見えたんだろ、ジョー？　あのどぶづたいにさあ？」

「また最初から言わせるつもりか、まったくよお！」

「最初からやれなんて言わねえよ、馬鹿」

第三話　けんかしたくない人

つい先日、とんでもない事件が市役所のオフィスで起こった。わたしはそこで結婚の手続きをしていた。

手続きは血液検査に始まり、順調に進んでいた。まあ、のろのろしてはいたが——よくあることだ。しかし、それはともかく、わたしが語ろうとしているその事件は結婚の儀式とは別で起こった。実は、それは結婚式の直後に起きたのだ。牧師がわたしたち二人を〝夫と妻〟だと認めて宣言したそのとき、わたしの〝妻〟が「今何時？」と訊いてきた。この時刻をセンチメンタルなものとして記憶しておきたいんだな、とわたしは思った——それでも、大して異存はなかった。彼女はロマンチックにではなくユーモラスに訊いてきたのだから——私は腕時計を袖から出そうとして、手を挙げた。ところが、その拍子に、ちょうど左側の頭の高さの棚に置いてある、ペーストの入った大きなバケツをひっくり返してしまった。バケツは牧師の頭上に落っこちて、中身が全部、結婚式用の聖職服にぶちまけられた。ペースト、すなわち、この汚物は、いったんはこの暖房の効きすぎたオフィスのおかげで乾ききっていたらしいが、そのあと大量の水が混ぜ合わされていて、えらくぼこぼこした汚水になっていた。

わたしはものすごく恥ずかしかった——本当に。なにしろ、それまでにこの人と親しくなる努力をまったくしていなかったんだから。実際に、式の最中に牧師から気さくに話しかけられたのに、平気な顔で無視してしまっていた。そのうえ、そのときわたしは彼に差し出すハンカチーフすらないのに気が付いた。ポケットに手を入れて「ないや」という身振りをすることも出来ない。それに、この狭い部屋で「ごめんなさい」と口に出して言う気にはとてもなれなかった。謝ったとしても空しい行為に終わるだけだろう――それで済ますには、この落とし物はひどすぎる――酸っぱい液状ペースト、というか、臭い汚物に牧師は文字通り覆われてしまったんだから。

妻は、わたしのあからさまな無関心ぶりにあ然として、近くにあった椅子に無言で身を沈め、騒動の間ずっとそのまま固まっていた。わたしはすぐに牧師との新しい関係を考えるのに夢中になってしまい、彼女のことを忘れてしまっていたのだ。

意を決して牧師を見つめたとき、わたしは即座に、彼がちょっと変わった男であることに気付いた。うなだれて、眉間に皺を寄せつつ汚物を指で引っ掻き落とし、ずっとぶつぶつと文句を言っている――しかし、何故かわたしに向けてではなく、さらにオカマ口調で。一人で街角に立っていて、通り過ぎた車に泥をかけられて、泥水だらけになったという感じだった。体に付いた泥のかたまりをかき集めては、床に撒き捨てる。ときどき動きを止め、驚いたように自分を見下ろして、汚物で何インチ分か厚くなった両手を前に差し出していた。「ひどいでしょ」と問いつめるように言う。「ひどくないですか」。にもかかわらず、彼がわたしを責めてはいないのは明らかだった。まるでここに来たばかりの人という扱いだ。しかし、それでも、わたしは彼と目を合わせられなかった。何とか彼の肩越しにそちらを見るのが精一杯だ。そのとき、彼の真後ろの壁にかけられた額縁にわたしは気が付いた。それは額入りの任命状で、簡単に判読出来た。

ジェラルド・デイヴィス
黒人牧師にして黒人男性

わたしは思いきって彼の顔をまっすぐに見つめた。顔面にかかった汚物のせいで、その顔があまりに白く、というか、かつて見たことのないものだったので、わたしは思わず訊いてしまった。

「デイヴィスというのはあなたですか？」

彼は、ペーストへの関心を瞬時に振り払い、映画『夢の中の恐怖』の「腹話術師の人形」篇に登場するマイケル・レッドグレイヴの最後のセリフをほぼ正確に再現しながら返事をした。あの映画と同じ狂気に満ちた笑みを浮かべて。「わ……わ……わたしは……ずっと……お待ちしてましたよ……あなたをね……シルヴェスター」わたしは心底驚いたが、先ほどの汚辱行為があまりに強烈だったため、まだおじけづいてはいなかった。「いいですか」とわたしは冷静に言った。「そんなギャグは古臭いですよ、デイヴィス――もし、本当に、あなたがデイヴィスなら、ですが」

　すると彼は目を細めてまじまじとわたしを見つめた。まるで無声映画で年老いた怪優がやりそうな、大げさな関心を示す演技のように。

「なんですと?」と彼ははっきりと言った。「なんですと?《ヴァス・イスト・ロス》」とドイツ語で言われたら、わたしにはほとんどわからない。だが、彼は、われらがテキサス及び大いなるアメリカ南西部流の鼻にかかったきつい訛りで英語をしゃべったので、じゅうぶんよくわかった。聞き違えようがない。しかしこの局面では、わたしの知っていることなどまったく役に立ちそうになかった。にもかかわらず、せっかくのチャンスを逃さないように、わたしはどんどん話しかけた。「言いたいことがたくさんあるんですよ、デイヴィス——もしあなたが本当に黒人《ニグロ》なら、というか、もし黒人なら、是非わたしの家にお立ち寄りください。つまりその、一緒にバードとオーヴィル・マイナーがセッションしたレコードを聴いたり、パナマ産のマリファナを喫ったりして楽しめたらいいなと思うんです。もちろん、今度でいいんです。来るのをやめたっていいし、それともほら、途中で帰ったっていい」

　彼はわたしを無視し、ひどく不安そうにゆっくりと部屋の中を見回し、眉をきつくひそめた。

「誰です、〝ネロ〟なんて言ったのは?」と彼は訊ねた。

　舌が滑ったのか、それともわざとこじつけたのか、わたしには決めかねた。何故なら突然、彼が歌いながら踊りだしたからだ。ダンスはよくあるスタイルの簡単なツー・ステップだったが、歌には目を見張るものがあった。ベンジャミン・ブリテンの作曲したエリザベス女王時代風の合唱曲のように、非常に複雑なテクニックで歌いだしたので、最初の内は深いソウルは感じなかった。しかし、三番目のサビにさしかかる頃には、レイ・チャールズのうねるファンキーさが取り入れられ、そこから歌が一気に爆発した。「みじめな自由さ、みじめで恥ずべき自由さ」

やがて、死者を包み込む白布のような静寂が訪れても、彼は歌い続けた。「ウースクゥビドゥーバッ」と——とても優しい声で。これこそヒップだ、とばかりに。

地図にない道

The Road Out of Axotle

メキシコのアホトルという街の南のはずれに通じるおもしろい道がある。いつか行ってみた方がいいよ。メキシコ湾岸観光地図なんかには載っていないし、メキシコ政府発行のちゃんとした地図にも載ってない。ある一枚の地図に載っているだけだ――見たことないだろうなあ？――とても薄い色をした、端がめくれ上がった地図で、どこか見知らぬ異国で発行されてる紙幣のようだった。発行者として表記されているのは、左下の方に黒字で小さく〈ライダー・H・レイヴンとその息子――サンノゼ、カリフォルニア〉。一年くらい前に偶然見つけたんだ。

　これを見つけたときのことを話そうか。わたしは友だち二人と一緒にメキシコ・シティにいた――友だちと言ってるけど、実際には二、三日ちょっと前に知り合ったんだが。まあとにかく、わたしたちはこの特別な夜に一緒にいた。彼らの車に乗って――わたしたちは、そのときいたメキシコ・シティみたいな感じの街を選んで、その街から車でどこかに行ってしまおう、なんてことを考えていた。つまり、逆の方向に向かうということだ。二人が何を企らんでいたのか、わたしには何となくわかっていたが、はっきりしていたのは〈とにかく逃げ出したい〉という気持ちが強かったことぐらいだった。単に海とか砂漠に行き着くだろうと思っていたのかもしれない。ところが、ひとつ問題だったのは、現実にどっちに行ったらいいのか決めかねていたということだった。左、それとも右、みたいな感じで——それで、わたしは地図を見ることを提案した。この車の中には地図があるはずだ。朝早くから二人と一緒にいて、片方の男、エマニュエルが古本のガイドブックを買ってきたのを見てたからね。その手のガイドブックの中には折り畳み地図が付いている。

「そりゃいいぜ」ともうひとりの男が言った。運転担当のパブロだ。

彼らのしゃべり方だと「そりゃいいぜ」は、「そりゃまずいな」に聞こえた。二人はハヴァナの出身で、聞き取りやすい流暢なスペイン語を話したが、英語は上等とは言えなかった。それでも、彼らは英語を話すと言ってきかない。わたしはスペイン語が上手いのにも関わらずだ——実際、わたしのスペイン語はメキシコ訛りになるところが非常に良い具合なので、メキシコ人とのやりとりが必要なときはいつもわたしがしゃべらされていた——わたしが話せば旅行者《よそもの》だとバレにくいんだ、と。そう主張して彼らの虚栄心を満足させていた。

エマニュエルは車の小物入れからガイドブックを取り出して、後ろの席に座っているわたしに手渡した。わたしたちは街の南西の端、家畜置き場と屠殺場を越えたはずれの交差点にいた。

何も動くものもなく、建物の上に付いた電灯から黄色い明かりが照らし出されているだけだった。その明かりも、ゆっくりと巻き起こる赤土の深い靄の向こうでぼんやりしてゆく。見ようによっては、赤土が車に血糊を這わしているようにも思える。それが始まりの舞台だった。

ラジオから流れる大音量のカリフォルニア産マンボに邪魔されつつも、地図をようやく見つけ出したが、ちょっととまどった。それは、ガイドブックをもっと明るいところで見ようと持ち上げたとき、本の中からハラリと落ちたものだった。

「ちょっとライターを貸してくれないか、パブロ」

「何？　何だって？」とパブロはほんの少しラジオの音量を下げた。パブロは自分の名前を呼ばれると、ときどきひどく興奮する。

ガイドブックから抜け落ちたのはメキシコの地図で、この本の前の持ち主が突っ込んでおいたものに違いない。地図はガイドブックの一部じゃないかと言うやつもいるだろうが、それはガイドブックの付録になるような地図とは仕立てが別物だった。何だか別の時代の、手書きでこそないがそれに近い精神が感じられるとても個性的なもので、サイズは大きいが、ガソリン・スタンドでもらえるようなやつほどではない――また、全体も正方形ではなく、広げてみると一八インチ×二四インチほどの大きさで、縮尺は二万五千分の一だった。

紙の厚みも規格外で――聖書の紙、いや、もうちょっと固い和紙か竹紙みたい――さらに、薄い虹のような効果をソフトな色に添える昔風のごくわずかな彩色のせいで、かすんで見える。

まるでマリー・ローランサンの水彩画のような色づかいだ。子供向けか、お上品なご婦人のための地図とでもいうか。

「今、どの辺だ?」とエマニュエルが、ラジオの音をかき消すような大声で訊いてきた。エマニュエルはパブロよりも一、二歳年上で、そのぶんパブロより自制心があった。

わたしは深く考えずに、しばらく地図を眺めていた。ただエレクトリック・ブルーに塗られた川筋からセルリアン・ブルーの海へと視線で追っていた。ふたりに聞かれるまでもなく、もちろんわたしには自分たちが今いる場所はわかっている。と同時に、ここに向かえば面白そうだと思える場所も見つけていた。

「右に曲がってくれ」とわたしは言った。

「右ですかい」とエマニュエルが答えた。「右に曲がってくれ、とな」この二人には、わけもなく人の言ったことを真似して、もう片方に言う癖があった。

パブロはため息をもらした。悩みがあるのやら、右に曲がるとどうなるのか全部承知しているせいなのやら。曲がり角を車体が傾くほどの勢いで右に曲がると、しけった赤い土埃を飛び越えるように車を走らせた。ラジオのヴォリュームは一段と大きくなった。

わたしは地図を見続けた。わたしたちは西に向かっているらしかった。地図によると、この道の二〇マイルほど先に、アホトルという名の小さな街がある。この道はその街を東西に貫き、やがてハイウェイに合流している。その街には、どうやらそのハイウェイに向かう道しか無さそうだ。しかし、ライターをもっと近づけてみると、もう一本の道が見えた。曲がりくねった狭い一本の道は、眼球の中にある血管みたいに細く、アホトルの南のはずれへと続いていた。その道を二五マイルほど行く間に二つの街がある。コーパス・クリスティとサン・ルイス。道はサン・ルイスでおしまいだった。一本の細い血管のような行き止まりの道と、おまけにその終点にある街。これこそ行くべき場所だ。

この日のパブロの運転は気が違ったみたいだった。普段は極めて優秀なドライヴァーなのだが。メキシコで乗りたいタイプの車が見つけられなかったので、とり乱していたようだ。彼の話では——というより、エマニュエルから聞いた彼の話によるとだ。パブロ自身はかなり無口なやつだったから——自分の家ではメルセデス・ベンツに乗っているので、メキシコでもそんなタイプの高級車を探していたという。スペイン製の高級スポーツカー、ペガソとか、多分そういうものを。でも結局買ったのは今わたしたちが乗っているこの車、五五年型オールズモビル。とはいえ、こいつはキャブレターが三つも付いているし、直線では一四五マイルは出せそうな代物だ。もちろん、こんなすごいのはなかなか無い。

「なあ、このオンボロ車」と彼は言い続けた。「気にいらねえな」

しかし、ばかばかしい独り言やグチを言いつつも、彼が操ればこの車は本物の風みたいになった。一方、助手席に座るエマニュエルは、目を閉じてラジオに合わせて頭を振り、肩を揺らし、指をドラマーみたいに叩き鳴らしている。それ以外のときは、背中をまるめてマリファナを巻き、火を点けていた。たまに、ラジオに合わせて歌ったりすることもあった。やりすぎない程度にシャウトしたり、もごもごうなったり。

やがてわたしたちは湾岸のガソリン・スタンドに立ち寄って給油をした。ここでアホトルまでおおよそ半分というところだ。わたしは車の外に出て、スタンドの灯りの下に立って、地図をもう一度よく見ようとしたとき、ふと、もっと新しめの地図を調べてみることを思いついた。ひょっとして何年かであの街が栄えていたりはしないか。この旅の終点に行き着いたときに、立派な街だったりしたら、わたしと新しい友人たちは気まずいムードになるだろう。そして、わたしはホットドッグ・スタンド屋台に頭から叩き込まれる羽目になる。そこで、わたしはガイドブックを取り出し、目的地のあたりが載っている地図を見つけだした――すごく細かいところまで載っている――そしてこのとき初めて、謎が一本のひびとなって現れた。というのも、アホトルから南に向かう道など、その地図には載ってなかったからだ。東西に伸びてハイウェイに繋がる道があるだけ。南に続く道も、二つの街もない。そこでガソリン・スタンドの地図をもらった。よくあるタイプの一辺約六〇センチ大の正方形をした道路地図で、二五〇人以上人が住むすべての街が掲載されている……ひびは目にも明らかな裂け目となった。

「そいつは良くねえな」と、エマニュエルが、わたしが伝えたことに対して言った。パブロは何も言わず、ただ突っ立って、車の横でしかめ面をしていた。エマニュエルとパブロは二人とも深い色のサングラスをかけていた。いつもそう。夜でもだ。

「いや、違うね」とわたしは言った。「これはいいことなんだ。ゴースト・タウンだぜ……わかるだろ？　面白くなるよ」

エマニュエルは肩をすくめた。パブロは車の横で不愉快な顔をしたままだった。

「ゴースト・タウンだ」とわたしは言って、後部座席に乗り込んだ。「そうとも、すごくいいぜ」

やがて、そろそろ出発しようとする頃だ。わたしの方に半身を向け、ドアにもたれかかって座ったエマニュエルは、このアイデアを悪くはないと思い始めていた。それとも、この行動を理解し始めたというところか。

「なるほどな、いいじゃねえか」と真面目くさってエマニュエルはうなずいた。「ゴースト・タウンか。最高《クレイジー》だ」

「いいじゃねえか、なあ」とエマニュエルがパブロに話しかけると、ラジオが激しくうなり、車はきしんだ音を立て、長く暗い道をすべり出した。

「何なんだ？　その」とパブロはわたしの方を向き、彼独特のいきなり腹を立てた調子で訊いてきた。「ゴート・タウン（ヤギの町）ってのは？」

「ゴート・タウン！　ゴート・タウンだって！」とエマニュエルは大声を上げて笑った。「勘弁してくれ！」

「気にいらねえな！」パブロはそう吐き捨てたが、すぐにまた運転に夢中になっていた。パブロの大きなロケットは月に向かっている。わたしはシートに身を沈め、しばらくの間、うとうとした。

目が覚めても、しばらく夢うつつの状態にいる感じだった。車が妙に傾いていると思ったら、シートから半分すべり落ちかけていたのだった。ラジオは大音量で鳴り続けており、今は、その向こうからパブロの、呪詛の言葉のような低いうなり声も聞こえる。わたしは横になったまま、その声を聴いていた。それはまるで感情の無い祈りの歌か、スペイン語の冒瀆的表現を脈絡もなく網羅した目録のようだ。わたしたちは路肩で休んでいるのか、でなければ、とんでもなく速いスピードで走っているのか。そのとき、エマニュエルが両手を口に当て、笑いながら身体を震わせているのに気付いた。しばらくずっとこんな調子だったようだ。エマニュエルは小さな声で繰り返している。「なあ、見ろよ……この道！　見ろよ……この道を！」

頭を上げて、外を見てみた。まったく信じがたい光景だった。そこは道路と言うより、もはや窪んだ川底だった。ときどき両脇に広い空間が現れるが……その合間から見える風景は、まるでギリシャの山の中の抜け道を走っているみたいだ。そして、これにはがっかりさせられたが、車がすごいスピードで走っていることもわかった。ときどき道ばたから真ん中まで広がった穴のせいで、その上を通るたびに、後輪は足を取られて少し空回りしている。そして、だんだん見えてきた……ずいぶん南まで来たものだ。

「道の端を走ればいいんじゃないか？」とわたしは訊いた。

エマニュエルは好奇心旺盛なはしゃぎっぷりを何とか抑え、後ろを向いた。「おれにどうしろって?」と逆に訊ねた。「なあ、ライオンや虎がいるかもしれねえんだぜ! それに……でっかくて……とんがった岩とかよ! なんでだ? あんたはどうなんだい?」と言って、バカでかい声で笑い、マリファナを一本わたしに手渡した。

「ヤギ《ゴート》だ」とパブロが不気味な笑みを浮かべた。「この辺りにはヤギ《ゴート》がいる」

「大丈夫だって」わたしはそう言いつつ、シートにもたれかかって、自分の不安を暴露するがごとくうめいた。

パブロは鼻をすすった。「なあ、オレは楽しいよ!」と元気づけるように言った。

エマニュエルは今や完全にぶっこわれて頭を抱えて笑っていた。「パブロが楽しいってよ!」と叫んだ。まともに話すことすら出来ない。揺れるダッシュボードに掴まっていないと床に転がり落ちてしまいそうなほどだ。「な、は、は、パブロってヤツは……面白……過ぎだ!」

まったく面白過ぎだった。わたしは横になり、マリファナを喫った。見上げる黒い円屋根のように、吹きさらされて暗澹とした気分。だが、不規則に揺れていた車体がある一定のリズムを刻みコントロールされだすと、徐々に気分がすっきりとしてきた。次に起き上がった頃には、道もかなり整備されたものになっていたようだ。

月が顔を出し、周囲がときどき垣間見えるようになった――背丈の低い奇妙な木々や大きく円い岩石群、その向こうに霞がかった景色がまだらにのぞく。ちょうどそのとき、ヘッドライトが少し離れたところに一本の標識を捕らえた。その傍らにはボロボロの郵便ポストがあり、一枚の板きれが釘で打ち込まれていた（それとも蔦で出来た紐でくくりつけられているのかもしれない）。板に描かれていたのは、ぶっきらぼうにひとこと、〈橋《プエンテ》〉。こういう場合、これはその橋が有料という意味である。

「イカれた道だぜ」とパブロが声をもらすのが聞こえた。

標識を過ぎるとすぐに曲がり角だった。そして、灯油ランプの光が近づいてきて——やがて、一軒の古びたブリキ小屋の窓から漏れてくるものだとわかった。小屋の前には、道を横切って遮断棒が据え付けられていた。大きくて、真っ直ぐに伸びた木の大枝が使われている。その向こうに、小さくて不思議な雰囲気の橋がぼんやりと見える。

小屋の手前で車を停めると、中のテーブルに誰かが座っているのがわかった。そのまま一分ほど待ってみたが誰も出てこない。パブロは不意にわたしの方を向いた。

「おまえ行ってこいよ」と言って、畳んだ札を手渡す。「こいつらメキシコ人はおれの手には負えねえ」

「そうかい。この腐れ小心ファシスト南米野郎め」と言い捨てて車を降りるとき、パブロがエマニュエルに今のやりとりを改めて説明しているのが聞こえた。「なあ、あいつらメキシコ野郎は苦手だよな」

小屋の中では、ランプが煌々と灯されていた。しかし、ランプを覆う筒はギザギザに傷み、クレーターのように黒ずんでいたので、室内の設備はあまりよく見えない――ドアのそばに立てかけてあるショットガンだけが、銃身もよく磨かれ、サビも落とされて、黄色い灯りを反射して真鍮よりも輝いていた。ただ、男がいるのはよくわかった――想像を超えるほどデカい図体、はっきり言って、ひどいデブだ。シャツの袖をまくり上げ、カードで遊んでいる。テーブルの上には半分ほどテキーラが入ったボトル。今でもわたしは覚えている。そのとき、ウブで、クスリにやられた頭には、気持ちのいい支払いをして一杯飲んでお別れできるかもと思えたのを。

「こんばんは」とわたしは言った（さりげない礼儀正しさで）。それから少しくだけた調子でこう続けた。「いくらですかね？」

男はわたしを横目でにらみ、続いて、外の車を見た。灯油ランプの下でひとり黙々とカードゲームをしていたせいで、視力を半ば失っている、というのが男の第一印象だった。だが、その顔全体を見たとき、とんでもない化け物だったことがわかった。ひどく不気味な顔をしている。男は自家製の葉巻を吹かしていた。ゴツゴツと不格好な巻き方が滑稽だが、葉巻をくわえて剝き出しになった歯には、そんな可笑しさはない。ヤスリで磨いたような歯なのだ――どんな人間でも、彼がしゃべるときには犬のようなうなり声がすると思うはずだ。やがて、ついに彼は口を開いた。

「どこに行こうっていうんだね？」

「コーパス・クリスティ」

この時点では、事はまだそれほどややこしくなっていないはずだった。まけてくれなどと言わず、我々の旅の計画を洗いざらい白状さえしなければ。

「コーパス・クリスティだって？」と言って男は笑った。いや、笑みのようなものを浮かべたと言うべきか。それから、立ち上がって、入り口のドアまで歩いて車を一瞥すると、葉巻を噛みきり、ペッと吐き捨て、テーブルへと戻ってきた。「前払いで五ドルだ」と言って、再び腰掛ける。

「五ドルか」わたしは言った。質問というよりも、声に出して考えているという感じで。「メキシコ・ドルですよね」

男は異様な音を立てた。笑い声とはとても言えないような音だ。そして再びカードを手に取った。

「あんたがメキシコ人に見えるとでも言うのかい？」しばらくして、顔も上げずに言った。

わたしは一瞬その問いの意味を考えなければならなかった。「ああ、わかった——つまり〈バカから金を取るのは簡単だ……〉と言いたいんだね」

「あんたが言ったんだよ、兄弟、おれじゃない」

「わかったよ。ええと、受領書《レシート》はくれるんだろうね、もちろん」

「レシート？」男は笑って唾を吐き出し、二の腕で口を拭った。「ここはモンテレイみたいな都会じゃないんだぜ」

たじろいだが、ややあってわたしは腹を据えた。仲間二人の手前もある。金を無駄にはできない。わたしはテーブルの端に両手を付き、少し前のめりになった。「どうも今回は人を間違えたようだぜ、パンチョさん」

ところが、実際には、人を間違えたのはわたしだった。それがわかっているから男は頭を椅子にもたせかけて大笑いしている――お察しの通り、その笑い声は不愉快きわまりない。「パンチョか」と男は言って、立ち上がった。「面白い」相変わらず笑いながら、口元を手で拭い続けている。半開きの目でいったいどこを見ているのか見当もつかないが、テーブルの周りをぐるぐると歩き回った。「そいつあひどく面白い」

次の瞬間、まるで映画の一場面のようだったということがわかってもらえるだろうか。なにしろ笑っているか耳の穴をほじくっているかと思っていた相手が、突如すごい勢いで迫ってきたのだから――そのときわたしがちょっと後ずさりしたおかげで、男はわたしの前を素通りしてドアの方へ……。どうやらわたしのおびえた表情は、せこい命乞いではなく、信ずるに足る心からのものだと男には映ったようだった。

「レシートは必要無いだろ」と言ってドアから振り返った両の目は、煙たげで細長い一本の線のままだった。「おれを信用していいぞ」それから葉巻を悠然とひとはたきして、短く、荒っぽい笑い声をあげた。いや、ひょっとしたら、咳だったのかもしれないが。しかし、再び車に顔を向けたとき、男は急に真面目な顔をした。車の中にいるエマニュエルとパブロは、こちらをじっと見つめながら、ひどく不快そうな顔をしていた。

「車には何を積んでる？」と男は訊ねた。声の調子は、この質問がこれから切りだす強力なカードのうちの最初の一枚だということをほのめかしている。

なんとかして友人二人を面倒に巻き込ませないようにと思い、わたしは懐の金に手を伸ばした。

金を数えるのを眺めながら、男は葉巻の煙にまみれて冷たく押し黙っていた。それから金を受け取ると、気取って背伸びして笑みを浮かべ、閉じた目を葉巻の煙に抗《あらが》ってこじ開け、パンパンに張ったズボンのポケットに札をつぶして突っ込もうとしていた。

「よし。では、どうもいろいろとありがとう」とわたしは言った。

男はぶつぶつ言いながら、ようやく外に出て遮断棒を上げた。わたしが車に乗り込もうとすると、男が何かつぶやいて、小屋へと戻り、手招きをした。

「待ちなよ」と男はとっさに考え直したように言った。そして、部屋の暗い一画から葉巻入れを一箱抱えて現れた。

「上質のマリファナは要らんか？」

「えっ？」

「マリファナだよ」と、男は獲物を捕らえるために巻いた濡れ紐を投げ出すように繰り返した。

そして蓋を開け、わたしに中を調べさせようとその箱を差し出した。

「すごくいいものだ。最上級だぞ」

身を乗り出して中を見て、匂いをかいでみた。ちっとも最高とは思えない。実際、メキシコ産でもないだろう――それに一五年は経っていそうな枯れ果てた代物だ。

「何だろう？　特別な香料か何か？」

「いいものだろう」と男は言った。

「いくら？」

「いくらなら出す？」

ひとつまみして味見してみた。

男は車の方を顎で指し示した。「多分、あんたの友達も気に入るよ……まけといてやるぜ。言い値をくれれば、なるべく合わせるから。オーケイ？」

しばらくその箱を見つめた後、わたしは思いきり顔をゆがめて言った。「違う……これはマリファナじゃない……これがロコ草だって？　こんなものを吸うかだって？」首を激しく振って、わたしは後ろへ下がった。「こんなもの、いるか！」わたしの言葉に、男の顔は想像以上に苦々しくなっていった。

「出直してきやがれ！」と男は怒鳴り、箱を閉じた。小屋の暗がりに消える男の姿を見てやっと気づいたのだが、男は少々酔っぱらっていたようだ。

橋は、それ自体が刮目すべきものだった。長さは車よりも少しあるくらいで、幅は車が乗ると一フィートも余らないという代物だ。有刺鉄線で繋ぎ合わせたドラム缶の上に木の厚板を何枚か渡してあるのだが、ぐらぐらしないのはそのうちの二枚だけ。両岸に打ち込まれた柱に付いている紐で固定されていた。

橋に乗り込んで身を預けるにあたって、わたしたちはしばしの間尻込みしてしまった。やがて、橋を渡り始めたが、二フィートばかり水中に沈み込んで、橋そのものが完全に見えなくなった。車体はとんでもなく揺れ動き、しまいには、黒い水が渦巻きながらランニングボードのすぐ上までせり上がってきた。

それでも一度渡ってしまえば、誰も文句はない。ちゃんとした道路に戻ってから、わたしはシートでゆっくりと休んだ。エマニュエルが訊いてきた。

「あのメキシコ野郎と戻って何やってたんだ？」

「前払いで五ドル払わされた」

「あいつあクズ野郎だな」

「あいつあ腐れメキシコ人のクズ野郎だぜ」とパブロも言った。

「その通り」とわたしは言って、目を閉じた。昨日の晩もよく眠れなかったのだ。なのに、わたしはまたこんなことを考えていた。外国人相手に葉巻箱いっぱいのマリファナを売りつけた後、税関でその箱は取り上げられて商人の手に買い戻されるというメキシコの伝統的なやりかたについて。この国では、結果的に罰金というかたちで徴収されている外国人からの金の年ごとの総額は、闘牛場での入場門の後ろの特等席にかかる税金の次に多いという噂を聞いたことがある。眠たくてうすぼんやりとしながらも、わたしは疑問に思い始めていた。いったいどれほど、さっきわたしが見たような葉巻箱が売られたんだろう？　一〇回？　二〇回？　何マイルここまで走ってきた？　教会はいくつあった？　ラレードまで五〇はあった。神父たちも箱を飾り立てて、金を稼ごうとしている。マリファナも喫ってるんだ。だが、もちろん、良いことじゃない。そういう金を事業みたいなものに役立てようとしないのか？　だめだ。そんな金は新聞紙でくるまれた札束になって、誘拐犯に渡す身代金になるのがオチだ。ニュー・ジャージーにもマリファナを送ってるはずだ。まあいいや、あの小屋での出来事は二人には黙っておこう。無闇に興奮させるだけだからな。

　コーパス・クリスティに着いたとき、わたしは眠入っていたらしい。意識がはっきりしてきてあたりを見回すと、すでに車は停まっていた。わたしたちは広場のド真ん中にいた。エマニュエルが「なあ、見ろよ……この街。見ろよ……この街をよお」とうめいていた。パブロは運転席に座り、両手でハンドルを握ったまま身をもたせかけている。

　この街。ここを〝街〟と呼んでもいいのならだが。平屋建てのビルに囲まれたこの一画だけの街。建物は地面から一段高くに木製の舗道が屋根付きの回廊となっていた。我々の車以外にも、ラバやロバが繋がれた小さな荷車がいくつかと、二、三台の乗用車が停まっている。「さあ、これこそお望みの古き西部の街だろ、パブロ」とわたしは言った。「よく見ると結構由緒ありそう――」だが、わたしは気付いていなかった。舗道の影に隠れて、あたり一面に人間がずらりと並んでいるのを。人々は店々を背にして、木の舗道に横たわったり、一段高くなった縁に腰掛けたりしていた――大人だけでなく、子供たちもいる。中にはまだハイハイし始めたばかりのような赤ん坊もいる。こんなおかしなことがあるだろうか。今は午前二時になろうかという時間なのに。しかし、実を言うともっと奇妙なのは、人々の表情がまったく完全に静止していることだった。このおおぜいの人間は――おそらく二〇〇人はいる――見れば見るほど活気がまるでなく、油絵のようだ。一様に壁にもたれかかるか、座っているか、横になっているかで、お互いに何か話をしているのかさえはっきりしない。そこかしこにギターを持っている人もいるが、うつむいていて、自分のためだけにギターを弾いているようにしか見えない。

この光景について納得のゆく理由を考えあぐねていたそのとき、突然、近くの建物の側壁で起こった事件にわたしは目を奪われた――音も立てずに壁が粉々に崩れてゆく。ついにわたしも気が狂ってしまったのだろうか。しかし、それは崩壊ではなかった。それは壁から染み出してその一面を覆い尽くす色彩の変化だったのだ。鮮やかな緑色から暗い緑色へ、次から次へと色彩は変化していった。瓶の色のような暗い緑から淡く光るナイルグリーンへ、奇妙に波打ちながら変わり続ける。ニュー・ヨークのロックフェラー・プラザとかギルバート科学ホールに来ているのならまだわかる……しかし、ここで起きていることには科学的な説明がつかない。その一方で、わたしは過去の経験から、これを第一級の幻覚ではないのかと自分に言い聞かせようともしていた……しかし、エマニュエルにもこの光景は見えていたらしい。それがわかったのは、彼が急に前のめりになって、ラジオのチューニングを変えだしたからだった。やがて、不可解だという表情で、彼はあたりを見回した。

「ありゃ何だ？　あの壁はよお」

「そうだな」わたしは答えた。「多分、油とか……そういうものじゃないかな」

「油？　おい、ありゃ油なんかじゃねえ。いったい何なんだ？　あの壁は生きてるぞ」

「なあ、ちょっと車を降りてもいいかな」なんとなく、彼の言ったことが気になった。「ちょっと……気になるんだ。だから実際に、自分の目で確かめてみるよ」

車を降りながら、わたしは考えた。あの壁からほんの一瞬目をそらしてみれば、次に見たときはごく普通の壁に戻ってるだろう、と――壁を見つめたまま、どんどん近づいていった。とても慎重に歩を進め、ついに壁まであと二フィートというところで、前のめりになって凝視した。それでもわからなかったので、顔を壁から六インチのところまで近づけた。そのとき初めて視界に真実がぐっと狭まって迫ってきたのだ。一インチの動く物体。緑色のゴキブリだ。まったく、本当の話。これがありのままなんだ。壁は生きていた——一〇万匹の緑色の羽根をしたゴキブリのせいでね。前に後ろに、横に向こうにと動き回り、羽根を絶え間なくぶるぶると震わせている。

続いてわたしは近くに座っている人々を見渡した。何か話しかけようとして——仰天。連中も全身をゴキブリに覆われてしまっていた……そうなってしまうのは壁にゴキブリが大量発生したからだけではなかった。顔に止まったゴキブリを追い払うのに、ときどき手で顔をぬぐったり、肩をすくめるぐらいでは、こいつらは追い払えないのだ。だから、自分の身体に目をやって、この連中や動けない壁と同じようにわたしにもゴキブリが止まっているのを見ても、さほど驚きはなかった……。そのとき、あたり一面を震わす音が聞こえてきた——絶え間なく渦を巻く深い音を——夜を取り囲む闇を強烈に黒くする音。その音は、まるでこう聞こえた。「ここにおれたちがおおぜいいると思うだろう——だが、知らないんだろ、もっと出てくるんだぞ!」

人々が何故話をしていないのか、わかった気がした。ゴキブリが彼らの口に入ろうとするからだ。あるいは、眠ってはいないのは、鼻の中に這い上がってくるからだろう。だがわたしには本当はわかっていたのかもしれない。これはゴキブリのせいではなく、この街で過去に起きた、もしくはこれから待ち受けている何か他のことのせいなのだと。

ズボンの裾を靴下に押し込み、両手をポケットに突っ込んで、車に戻ることにした。空飛ぶ緑色のゴキブリが、イナゴのように街を襲っては定住するという噂を聞いたことはあった。今起こっていることを伝えようと――まるで先頭切って流氷を砕いて泳ぐように――わくわくした気分で、パブロとエマニュエルのもとへ飛びはねながら向かった。何も気がついてないふりをするのがいいだろうとわたしは考えた。「ありゃ何だ？　何で、あれが虫なもんか。一匹も見なかっただろ？」

しかし、車まで戻ったとき、二人にはすでに見抜かれているのがわかった。なにしろ、車体の半分がゴキブリで覆われている。フロントガラスのワイパーはせわしなく動き、車の中では、二人がサイドガラスを荒々しく叩いて震動させ、この小さな化け物を追い払おうとしていた。「この小心者め！」とわたしは怒鳴り、ドアを引っぺがすように開けると、両手いっぱいに掬ったゴキブリを二人に向けて放り出すふりをしてみせた。エマニュエルは急いでドアを閉め、ロックしてしまった。やがて少しだけ窓ガラスを開けると、その隙間に口を近づけた。「なあ、何が起こってるんだ？」と、それだけ言うと、すぐさま窓を閉めた。

外に取り残され、わたしは、非常事態なんだと大声で叫ぶような格好をした。パブロは車を発車させようとして、エンジンをふかし、ハンドルにしがみついている。気がふれたようなこわい顔がチラリと見えた。こんな体験のせいで彼の頭がプチンと切れてしまったのかもしれない。

しばらくして、エマニュエルが窓ガラスをもう一度少しだけ下げた。

「なあ、オレたちはバーのある辺りまで車で行くよ。そこで落ち合おうじゃねえか――なあ？」

わたしはあたりを見渡した。二人はすでにバーを見つけたようだ。看板を出している店はひとつもないのだが、すぐに分かるだろう。そうやって見ていると、わたしたちがやってきた方向の一画にバーがあった。その隣には、カフェがある。

「まずはカフェに行かないか」とわたしは言った。「そっちの方が涼しいぜ」

エマニュエルがうなずいた。わたしはカフェへ向かいながら、エマニュエルがパブロに伝える様子を思い浮かべた。「カフェが最初だ。なあ、そっちが涼しいんだって」

わたしたち三人はほぼ同時にカフェの前に着き、すぐに中に入った。

店の中は長方形で、床は堅い土、壁は切り出したままの木でできていた。テーブルが一〇卓ほどあり、その二卓ずつがペアになって奥まで並んでいる――テーブルと言っても裸の平板に四本の棒が打ち付けられたもの。そして長椅子。わたしたちは入り口から一番近いテーブルに腰掛けた。

店はガラガラというわけではなかった。ひとり、明らかにこの店の主人だと思える男が、店の一番奥に座っていた。そして、明らかに酔っぱらっている男がひとり、主人の真向かいのテーブルに腰掛けていた。酔っぱらいはテーブルに眠るように頭を横たえていた。テーブルから頭が滑り落ちそうになるたびに、頭を振ってぶつぶつ言いながら持ちこたえ、慎重にまた置き直す。反対側に座る店主は、酔っぱらいをじっとにらみつけている。この状況を解釈すると、店主はそろそろ店を閉めるところで、酔っぱらいが店を出てゆくのを待っている、ということろか。わたしたちが店に入っても店主は座ったままで、コーヒーを注文したことでようやくこちらを見たという点からも、その可能性は高そうだ。コーヒーを持って来ても、すぐにもといたテーブルに戻り、再びその酔っぱらいを見張り続けている。ひょっとして、酔っぱらいの頭がテーブルから滑り落ちるのを目撃したいという純粋な好奇心があるのかもしれない。確かに、酔っぱらいの頭は徐々に下の方まで落ちるようになっていた。

この店の中にも少なからずゴキブリが飛んでいた。コーヒーを手で隠しておきたいなと思わせるくらいはいる。飲むときも、風の中で煙草の火を点けるときみたいにカップを手で覆った方がよさそうだ。パブロはまだコーヒーを飲んでいなかったが、カップをゴキブリから守ろうともしていなかったので、案の定、中にゴキブリが四匹も入ってしまった。足をばたつかせる様は、池にはまった小鳥に似ていなくもない。脱出しようとして、縁に沿ってしばらくうようよと這い回り、狂ったように跳ね上がっては、失敗してまた飛び込む。パブロはマッチ棒でカップの中を突っつき回していた。二人にとって今やゴキブリが最大の関心事だった。間もなく、一匹一匹の見分けが付いたかのように、二人はゴキブリについて語り合っていた。「こいつを見ろよ。ノリノリだ！」

「沈めるんじゃないぜ。そんなにいじめたら浮かばれねえぜ！」

わたしはと言えば、酔っぱらいと店主の様子を眺めるのが面白くてしょうがない。やがてこちらにも早々に、ちょっとした動きがあった。酔っぱらいが立ち上がって、店の中を見渡し始めたのだ。その視線がわたしたちをとらえて静止した途端、男はこちら向きにしゃがみこんでゲロを吐いた。

店主の反応が気になって振りかえると、彼は椅子に座ったまま、不愉快そうな顔をして酔っぱらいをにらみつけている。やがて、あいそなく短めに笑い、ゆっくり言葉を切って言った。

「さあまたやるのを見るかな」

このひとことで酔っぱらいはわたしたちから目をそらし、それから店主を初めて会った人みたいな感じで見た。しばらく彼をにらみつけた後、頭をまたテーブルに戻した。

店主はテーブルをぴしゃりと叩き、カッカッカと短く吠えるように笑った。そして再び寝ずの番に入った。

この優雅な小芝居の間に、パブロとエマニュエルはカップ遊びにすっかり飽きてしまっていた。わたしが見たときには、カップの中は溺れたゴキブリでいっぱいになっていた。

「さて、そろそろバーに行くとしようか？」とわたしは言った。

「ああ、ここはもう出ようぜ」とエマニュエル。

パブロは、額に深い皺を寄せ、酔っぱらいがゲロを吐いた場所をにらんだ。やがて、彼は大きく肩をすくめた。

「なあ、まったく見ちゃいられねえな……ゲロってのは！」

「嘘つけ」と私は言った。「上質のメキシコ産ゲロはマジで好きなくせに」

このひとことがエマニュエルを笑わせた。「ハッハッハ！　上質のメキシコ産ゲロか！　パブロは上質メキシコ人ゲロが大好きだって！　そりゃ面白すぎるぜ！」

「おい」大真面目な自信に満ちた態度でパブロは身を乗り出した。「とっととバーに行こうぜ。いかしたねえちゃんがいるはずだ」


さっきのカフェと変わらず、こっちのバーにも洒落っ気がなかった。カフェには乏しいながらもまだそれなりに明るさがあったが、このバーはむっとするほど息苦しく、影に暗く沈み込んでいる——不気味な感じは濃厚だが、少なくとも、見た目には素敵なことは起こりそうもない。テーブルに二、三人の男、カウンターにビートニクかぶれの売春婦たちがいるだけだ。

エマニュエルとパブロは、二人して先を争って店内の一番目立つところにあるテーブルに席を決めた。わたしたちはテキーラを注文した。

エマニュエルはネクタイを真っ直ぐに直しながら、カウンターを顎で指した。

「見ろよ、おい」わたしを肘で軽くこづく。「女がいるぜ」

「そうだな」とわたしは答えた。「おまえ、ノってるな」パブロは無意識に何度も咳払いをしながら、自分の身なりのあちこちを撫で付けてちょっとずつ修正していた。髪にも一、二度手をやって整える。しかし、しばらくすると、このそわそわした気持ちは苛立ちへと変わった。女たちはわたしたちが店に入るのを見ていたはずなのに、こちらの気を惹こうともしない。待ちきれずに、パブロとエマニュエルは立ち上がり、足早にカウンターへと酒を取りに行った。カウンターには四人の女の子たちがいたが、その格好は行き過ぎたビートニクという感じで――例えば、そのうち二人は靴も履いていない――それぞれ手に深い茶色の酒が入ったグラスを持っているが、口も付けていないようだった。

わたしの親友二人と女たちを離れたところから見ているのは面白かった。何を言ってるのかは聞こえない。手や口の動きと、歯や酒を飲むときのグラスが光るのが見えるだけ――年取った分、わたしは損な役回りだ。

テキーラをちびちびと飲んでいるうちに、長い間このあたりに暮らしている気がしてきた――あの有料の橋のすぐ近所にね。わたしがここに落ち着いて数日後、デブで、道を通せんぼするあのメキシコ野郎とこっぴどく取っくみ合いの喧嘩をしたんだ。あいつが忌み嫌われ、怖れられてることはあの辺じゃみんな知っていた。だから付いた渾名が〈豚男〉だ。人だかりから、こんなひそひそ話が聞こえてくる――。

「最高だな！　よそ者があいつの面をぶん殴ったんだと！」

「聞いたかい、あの話――よそ者が一発で豚男をよろよろにしてみせたんだ！」

「あいつの面をめちゃくちゃにしたんだって！　すげえぜ！」とか何とか。

いろんな妄想に耽っていると、パブロとエマニュエルがテーブルに戻ってきた。二人とも不機嫌で期待はずれな様子だった。

「あいつら、サイアクだぜ」とエマニュエル。二人は腰掛けた。「この店はもう止めようや」

パブロはしばし頭の中が真っ白になってしまったように見えた。

いったい何があったんだとわたしは訊ねた。女たちはこう言ったそうだ。今夜は仕事じゃないの。火曜の夜はとにかく絶対に仕事はしないわ（まあ、何曜日でも同じこと――お休みの日曜日以外は）、明日出直してきて。

わたしは女たちをもう一度よく見た。どういう理屈があるにせよ、女たちが〝あそび〟を拒むことで鼻高々になっているのはわかった。無鉄砲なわたしの親友二人に対してなら、まるまる一ヶ月だって休みにしかねない。

店を出ようとして腰をあげると、女のひとりが深い色のグラスを掲げた。約束よ、また明日ね、と。

さて、われわれはふたつめの失われた街、サン・ルイスに向かって出発した。一二マイルほどこの道を行けば着くだろう。というわけでこの街の広場を再び横切って、来た方とは逆へと車は向かった。

道は、岩が散乱した平原を突っ切り、二車線だけになった。五分も進むと車は再び荒れ地に入り込んだ。そこからさらに約一〇マイル。街があるはずの場所にようやく到着すると、道は行き止まり、ばかでかい鉄線のフェンスでさえぎられていた――フェンスは一七フィートほどの高さで、太さ四分の一インチの鉄線が網の目になっているものだ。とりあえず見てみようと車を降りた。

フェンスの上には不気味なかたちの有刺鉄線が編みこまれた四つの房が、外側に突き出している。さらにフェンスから少し離れたところにある白い大きな板にはっきりと、スペイン語で警告が書かれていた。

立入禁止
高圧電流
死の危険あり

フェンスの向こうで、かつて道だったものがヘッドライトに照らし出され、五〇フィートほど先で夜の闇に消えているのが見えた。フェンスのこちら側では、道は左右二股に分かれ、目に見える限りではフェンスに沿って両方向へ走っているようだ。

フェンスの脇の道を迂回して、向こう側の道路に戻るという考えのもと、わたしたちは車に戻って右側の道を進んだ。ところが、ほどなくしてあたりは峡谷のようになり、しだいにフェンスから離れてさっきの街の方へ逆戻りしてしまった。その道をもとへと戻り、今度はもう片方の道を進んでみる。しかしまたしても、八マイルほど行ったところで道はフェンスから離れて街へと逆戻り。フェンスは深い緑の奥へと消え去った。

このとき、フェンスに沿って歩いてゆくという手もあると考えた。まさか実際にやれるとは思ってなかった。懐中電灯も無いし。でも、やらずにおれない。わたしたちは車を降り、フェンスに沿って岩と刈り株だらけの中を歩きだした。しかし、障害物が次々に現れ、すぐに歩行困難になってしまう。フェンスに伸びて巻き付いている灌木の藪は、これが随分前からあるのだということを物語っていた。すぐにエマニュエルは車に引き返した。

「もううんざりだ」

パブロは、左側に身をかわし、立ち止まりつつ服を撫で付けている。

「おい大変だぜ。服が傷だらけだ」

やがて完全に歩くのを止め、マッチを点け始めた。手のひらの中の何かを確かめようとしているようだ。わたしは彼のそばを強引に通り過ぎた。

「おい、ひどいもんだ。傷だらけだぜ」

彼は手に出来た目に見えない小さな引っ掻き傷を調べようとしていたのだ。

「見えなかったよ」とわたしが言うと、マッチの火が消えた。「血は出てるのか？」

「血？」彼はもう一本マッチを擦った。「おい、血が出てるって？　どこに？」

わたしたちは二人でその手をしげしげと見た。

「大丈夫みたいだ」とわたしは言った。「だろ?」

「なあ、オレはぜんぜん楽しくねえ。ここはいったい何なんだ?」

わたしは彼に車に戻るように薦めて、自分はもう少し先までフェンス沿いを歩いてみることにした。

わたしはだんだんこの場所の不思議さに取りつかれてきた。このフェンスの向こうにはいったい何があるんだ。かつてひとつの街があった広大な土地に今では何も無いというのか? 気の狂った億万長者のバカでかい私有地になっているとか? 未知の新兵器の実験場になっているとか? この土地の所有者を表示する標識がないのはどうしてだ? 〈私有地〉とか〈国有地〉とか、でっかく書いてないのはどうしてだ? いや違う。この土地の警備がこんなに入念で堅牢なのは、裏の権力が秘密を隠しているからなんだ。まあ、それがどんなものであれ——こんなに荒れていたら今も残ってるとは到底思えないが。

乳幼児の死亡率(特に出産時の)は公表されている数字とは違うという噂をよく聞く——実際の数字と統計で出る数字との間に起こる矛盾は奇形児の誕生をめぐるものだという——その結果として、キリスト教国家には〝怪物の家〟と呼ばれる場所がある。それは完全に秘密裡に、〈裏金〉という、国家予算が破綻しても決して明らかにされずに生まれ続けるいわく付きの資金でずっと運営されているのだ。

こんな考えに耽りながら、黒々としたフェンスに沿って用心深く移動を続けているうちに、いつの間にか車から相当に離れたところに来ていた。そのとき、わたしは岩に蹴つまずいた。咄嗟に乾いた藪枝を摑んだのだが、足場が悪く、フェンスからスパッと切り離され、一五フィートほど下の小さな溝に転がり落ちてしまった。あたりは上と違って明かりが少ない。黒々とした草むらに座り、手の平をこすって泥を落としていたのも束の間、突然、わたしを狙って何かがすぐ近くまで迫っているという不安を感じた。そしてすぐに、その正体はわかった。

メキシコでは、野犬が長年の間はびこっている。今やそれ自体がひとつの血統になっているほどだ。野犬と普通の犬の違いははっきりしている。野犬は吠えない。野犬のたてる音というのは喉の上の方から聞こえてくる――それは興奮したまま持続するうなり声だった。その不気味な音は下から響くことで強調されていた。野犬には鼻が地面にくっつくほど、頭をとても低くして走る習性があるのだ。群れているときも、鼻の頭から熱い血を滴らせたまま、背中を丸め、尻尾は後ろ足の間にだらりと垂らしている。いろんな意味で、その見た目は犬よりもハイエナに近い。むやみに飛び跳ねたりしないし――野犬の本能とは、獲物を追いかけ、嚙みついて、やがては足を一本食いちぎるというものである……。ピラニアのように襲いかかり、手当たり次第に嚙みつく。喉をうるおすよりも、生きたまま皮を剝ぐ。したがって、地面に倒れている人間を野犬が襲うということは考えられない――後でわたしが教えてもらった限りでは――しかし、わたしは重大な過ちを犯した。走り出してしまったのだ。

追いつかれる直前、そのうなり声の中から、野犬どもの牙がカチカチ音を立てるのが聞こえた。まるで怒りにかられて空気まで嚙み砕こうとしているみたいだった。危うく転びそうになって逃げる向きを変えたその瞬間、最初の一匹が脚の後ろにがぶりと嚙みついた。いやな嚙みつき方。まるでタランチュラだ。激しく蹴り離したが、嚙みついていた力の反動でわたしはきれいに尻餅をついてしまった。もう一回同じところをやられて脚が使い物にならなくなる前に、無我夢中で、身を守るための石や棒を闇の中で探した。いったい、何匹いたのかはわからないが——少なくとも六匹はいただろう。さらに何回か両方の足を嚙みつかれ、わたしはまた転んだ。転ぶ直前に、さらに何回か嚙みつかれ、いよいよ囲まれつつあることをまじまじと意識した。

そのとき突然、あたりが白い光で満たされ、うねるマンボのビートが轟音をあげた。パブロの車がよろめきぶつかりつつ、ヘッドライトを揺らしながら、峡谷を降りてきたのだ。そして車は急停止。

一瞬、あたりは絵のように凍り付いた。野犬たちは攻撃する変な姿勢のまま固まってしまい、わたしはと言えば海に飛び込む姿勢で身をかがめていた——絵の中で、わたしの友人たちは車の中からこちらをじっと見ている。

「よお、あいつ何やってんだ?」とエマニュエルが言っているのをわたしは想像した。「見ろよ、あの気味悪い犬」

車内の明かりで照らされて、パブロが怒りに満ちた驚愕の表情をしているのが見えた。早く助けてくれと叫ぼうとしたそのとき、パブロが、もう我慢の限界だという感じで、クラクションを猛烈に鳴らしだして、エンジンをがんがん吹かし、ヘッドライトを点滅させて車を出した――すると野犬どもは夜の闇へと散り去った。

「乗りな」パブロがイライラしながら手招きして言った。「もうここは止めよう」

コーパス・クリスティの広場を帰りに横切ると、まったく人気がなかった。そこでメキシコ・シティの郊外へと向かい、無理矢理に医者をたたき起こした。医者はわたしに破傷風用の注射を打ち、二ヶ所ほど傷口を縫い、モルヒネを何錠かくれた――そのモルヒネはパブロとエマニュエルにも分けてやらなくてはならなかった。睡眠薬を百錠売ってくれという二人の申し出に医者が腹を立てて断わったからだ。この件について、パブロはその医者の何倍も怒り狂った。車を出すとき、パブロは窓の外に身を乗り出して、暗闇の中の建物に向かってこぶしを振りながらののしった。

「くたばれ、メキシコ人のやぶ医者め！」このひとことでエマニュエルは大爆笑。そして、その後は無事に街へと帰り着いた。

その数日後の日曜日、わたしの親友二人は一緒に泊まっていた宿を出ることになった。車のところまで行き、二人と軽く握手をした。

「今度はうまくやらなきゃな」とエマニュエルが言った。火の点いていない細い煙草をくわえている。「ガダラハラでかわいこちゃんとお楽しみだ」

「ガダラハラだって？　アカプルコに行くんだと思ってたよ」

「いいや、あそこには行かない。何にもない退屈な街だろ。なんだ？　アカプルコに行きたいのか？」

「いや」とわたしは答えた。

「ガダラハラはどうだ？　最高の街だぜ」

「いや、いいよ」

　エマニュエルはうなずいた。

「オーケイ、わかった」

　パブロはエンジンを吹かし、前のめりの姿勢でハンドルを握り、わたしに顔を向けた。白いリネンのスーツを着て、黒いサングラスをかけた彼は、まるで進歩的な若い宣教師みたいだ。

「またな」とパブロが言った。

「ああ、そうだ」とエマニュエル。「またな」

「じゃあまた」とわたしは答えた。

　バカでかい音をたてて二人は出発した。交差点で、大きな黒いショールを巻いたよぼよぼのばあさんが、周りも見ずに道を渡ろうとしている。パブロはばあさんに気が付いたからって減速なんかしないし、コースを変えるようなやつじゃない。ばあさんが車の前を通り過ぎようとしたとき、彼にはマッチ棒くらいにしか見えなかっただろう。ばあさんは車に気付きもしなかったみたいで、去った車をのろのろと振り返ったが、そのときには、もう車はほとんど見えなくなっていた。

さて、これで話はおしまい。この話のポイントは、二人がわたしにこの地図を残していったということだ——つまり、いつかまた誰かが行こうと思うんだろうな。あの、アホトルのはずれの道にある大きなフェンスまで。

KJ

オル・ミスでバトン・トワリング

Twirling at Ole Miss

活力の無くなった時代、官僚主義的に相互依存した組織の寄せ集めと、技術的専門化という退屈な迷路によって、すべての問題は先送りにされ、そのくせ結局はたったひとつの結論に収斂しようとする。そんな時代において人間の行為が自らを完璧に充足させ、純粋かつ自由で、何の束縛も無い空間に出くわすなんて瞬間はとても新鮮ではないか——かつて人々に愛され、今やほとんど忘れ去られている〈芸術至上主義《ラール・プール・ラール》〉。そうしたことが今、ここミシシッピ大学（愛称オル・ミス）のキャンパスにある、ディキシー・ナショナル・バトン・トワリング協会には受け継がれている。今ならオル・ミス取材はなかなかやりがいのあることだ。もし抜け目なくやれるんならね。

わたしにとって、南部を訪れるのは数年ぶりのことだ。心配なこともあった。たとえば、この協会はミシシッピ州オックスフォードのすぐ隣町にあるのだが——不吉な偶然というべきか、わたしが到着する前の日に、ウィリアム・フォークナーの葬儀がその地で行われていたのだ。そのことが今回のわたしの取材……すなわち、バトン・トワリング協会の記事を書くことについて、不気味で非現実的な前兆となっていようとは。果してわたしはガキの頃に戻って、テキサス特有の鼻にかかった抑揚の無い訛りを使うぐらいで、この取材をやりとげることができるのだろうか？

七月の暑い日の正午、メンフィスから三時間もバスに揺られ、ようやくオックスフォードに到着。それからオールド・コロニアル・ホテルの前でバスを降りた。どんよりとして眠そうな商店街を通り抜け、近くの人気がありそうな場所へ向かった——郡役所の前にあるベンチに、Yシャツ姿の男たちが整然と並んで座っていた。まるで常任の陪審員のようだ。

「やあ」と軽い調子で歩み寄って、わたしは親しげに笑いかけた。「大学はどのあたりですか？」

いちばん近くにいた男がわたしを値踏みするようにじっと見た。彼らはここらに来たよそ者を見つけだすのは素早いが、それを頭でのみこむのはちょっとばかり遅い。そいつが横の男の方を向いた。

「こいつ何言ってんだ、エド？」

ビッグ・エドは噛み煙草をくちゃくちゃさせて、埃っぽい地面に唾を勢いよくぶちまけた。何か考えているように、じっとその跡を見つめていたが、やがてそのガンブルー色をした冷たい瞳でわたしを見据えた。

「つまり『大学はどこだ？』と訊きたいんだね、お客さん」

ベンチの横には、三フィートほど離れて水飲み台がふたつあった。わたしが気付いたのは、そのひとつには〈黒人専用〉と大きく書かれており、郡役所の正面玄関の上の正義の象徴像がつくる影に隠れて、真正面に据えられているということ。のちほど、わたしの取材メモにはもちろん、こう書き込まれる。「彫像、社会的明暗の象徴、くだらん」

学校の場所がわかったので（ちょっと回り道をしよう、と思った——わたしが了解している取材の内容じゃぜんぜんやる気がしない。間違っているかもしれないが、ここミシシッピで黒人少年エメット・ティルが白人にリンチ殺人された事件［ティル殺人事件］がちらと頭に浮かんだのだ）、ちょうど通りの向こう正面に停まっていたタクシーをつかまえることにした。

「どっちが近いかな？　フォークナーの家と墓とでは」とわたしは運転手に尋ねた。

「ああん」と運転手は辺りを見もせずに答えた。「そんなこと訊かれても、ちょっと簡単にはわからんぜ。まあ、大ざっぱに言えば、どっちも大して変わらんよ。このあたりから一〇分ばかしのとこで、どっちに行っても五〇セントもらおう。方向は正反対だ」

そのいずれかを経由してバトン・トワリング協会に向かうことに、なんとなくいかがわしい皮肉を感じたので、やっぱり最初に協会に向かうことに決め、取材をスタートさせた。

「ところで」車が出発してから、あらためて訊ねた。「この辺でウィスキーを買おうと思ったらどこへ行けばいいかな?」ふと、ミシシッピは禁酒州《ドライ・ステート》だということを思い出したもので。

「郡境の先まで行かねえと」と運転手。「一八マイルはあるね。行くだけで四ドルだ。ウィスキー一本のために往復八ドルかかる」

「なるほど」

運転手は後ろを振り返り、いわくありげな顔でわたしを見た。

「まあ、あんたが〈ニガー・ポット〉をやってみる気があるなら話は別だが」

「ニガー・ポット《マリファナ》だって? 最高じゃないか」見当はずれの誤解をしているのも知らずに大声になった。「さあ行こう!」

もちろんその誤解はすぐに解けた。運転手が言っていたのはこの辺りで密造されている未熟成かつ無色のコーン・ウィスキーのことで、またの名を〈ホワイト・ライトニン〉として知られる酒なのである。わたしはぶうたれて見せたが、すでに車は黒人区域のど真ん中にいる。とにかく行って飲んでみるしかないらしい。ホンモノのディキシーランド体験を味わってみようじゃないか——トラディショナルなコーン酒ってやつをさ。

その家、いや、あばら屋と言ったほうがいいボロ小屋に着いたとき、どうやらここの主人とその妻は農場に出ていたようで、九歳ぐらいの黒人の子供が我々をもてなしてくれた。

「これはすごくうまい酒なんです」と少年は木ぎれが詰まった箱の中を掘り返し、ラベルの無い瓶をそこから取り出しながら言った。

一緒に家の中にやってきたタクシーの運転手は、顔をかたむけククッと笑い、そう簡単にはだまされんぞという顔をした。

「なあ、坊主、おまえがいっぱしの酒飲みになってたとは知らなかったな」

「いいえ、おれは酒飲みなんかじゃないです。ただ、味見の仕方はよく知ってるんです。だってここに誰もいないときはおれがこいつを見張ってなくちゃならねえし、味見もしなくちゃならねえんです。ちゃんと酒になってるかどうかをね。おれが味見をうまくできないようじゃ、全部の酒がダメになってしまいます。みなさん飲んでみればわかります」少年はそう言うと、瓶を一本差し出して、にやけているわたしの目の前で振ってみせた。「こいつがまずいわけないって！」

うん、確かになかなか結構いける味だった——ちょっと鋭角的な味かもしれないが、温かみもあるし、コクも十分ある。この少年が自分の技量に持っているプライドに心から敬意を払わなくてはならない。こんなに良く出来た子供にはなかなか最近お目にかからないもの——特に九歳なんかではね。というわけで、わたしは彼からボトルを二本、運転手も一本を買い上げた。そしてようやく協会に向けて、出発したのだった。

ディキシー・ナショナル・バトン・トワリング協会の授業は、ミシシッピ大学キャンパスのバカでかくてスロープ状の、おとぎ話に出てきそうな森の中で行われている。まるでどこか別の時代から現れた光景を見ているようだ。わたしが車から降りたときには、すでに授業は始まっていた。目の前に広がる森の眺めは、わたしの感覚をぐるぐるに狂わせ、血流を高速にするものだった。そこには七〇〇人もの少女がおり、まるで全員が可憐で色香の漂う妖精なのだ。わずかな衣装を身にまとい、杖を持ってはしゃいでいるのが、ニレの広葉の向こうに透けて見える。ああ、わたしもサテュロスに変装して、彼女たちの中に荒々しく突進したい！　いや、だめだ。やらなくちゃいけない仕事がある――無味乾燥に事実にもとづいたルポをしなければ――まったく間抜けな仕事だよ、じっさい。わたしは気を取り直し、まず第一にこの協会の背景を探るという正しい手順に戻った。ということで当協会の会長である〝ミスター・バトン〟ことドン・サーテルを探し出した。サーテル氏はハンサムで上品な若者で、メイソン＝ディクソン線《ライン》の北側出身。必要不可欠な若さに加え、もちろん、並はずれた手さばきを彼自身きっちりと体得している（技術のアピールについて言えば、彼はかつて一年分のタイピング・コースのテキストをたったの六日間でやり終えたことがあるという――いや、六時間だったかもしれない。とにかく印象的で、出来過ぎだったからよく覚えてるのだ）。

「バトン・トワリングっていうのはね」と彼は早速切り出した。「少女の集団活動としては全米で二番目に規模の大きなものなんです――もちろん、一番大きなものは〝ガール・スカウト〟ですが」（その通り。熟練記者様、わたくし、あとで確認しました）彼の説明は続く。「バトン・トワリングの大衆性を証明するポイントは三つあります。（一）ひとりでも出来るスポーツである。(二)他の個人競技(ヨットやスキーや射撃とか)とは違い、高価な道具が要らない。(三)(繰り返しになりますが)他の個人競技とは違い、どこかに出かける必要もないということ。自宅のリビングや庭でも出来るスポーツなのです」

「確かに、何となくわかります、ミスター・バトン。しかしですね、このスポーツの本来的な価値という点ではいかがなものでしょう? つまり、いったいこんなことをする目的は何なんだという意味でですが」

「目的ですか。複雑で高度に進んだ技術を習得するということでの単純な満足感を別にすれば、自分に自信が持てるようになり、精神が安定し、両手とも器用になり、筋肉が鍛え上げられて美しく整う、その他もろもろですね」

よかったら〈ニガー・ポット〉でも一杯どうかと彼を誘ってみたが、丁重にお断り。酒も煙草もやらないのだという。よし決めた、わたしには、あの森でグルーヴィーな女の子と一緒にいるのがお似合いだ——さあ、六〇〇ページの大作に向けて柔軟体操開始。定価八ドルの「バトン・トワリング人名辞典」だ。このよくできた人物にさっさと別れを告げて、眼下の森の眺めを我がものとする。準備はオッケー。

米国バトン・トワリングの発展は我が国の女性解放の歴史とぴったり平行している。当初は現在使われているバトン(金属製で端にノブが付いている)と同タイプながら、もっと大きいものが使われていた。お察しの通り、陸軍のマーチング・バンドか、もっと以前なら、鼓笛隊《ドラム・コープ》を指揮するのが目的だった――この頃は、バトンはほとんど直線的な動きで、太鼓のリズムで上下するように扱われていた。現在の、バトンをくるくる回す《トワリング》――さらには空中に放り上げたりもする――というアイデアはまさに、気持ちよさを求める女の子らしい考え方なのである。

こんにち、技術の習熟にもっとも情熱を燃やしている連中といえば、米国南部と中西部のハイスクールとカレッジから来たバトンガールたちだ。これらの学校にはすべて大編成のブラスバンドとバトンガールがおり、フットボールの試合のハーフタイムに競い合う。ここ南部においては、頭の良い大学になればなるほど、フットボール・チームに注がれるものと同レベルの資金とトレーニングがブラスバンドやバトンガールたちに注ぎ込まれる。前途有望で、かつ実戦で活躍した者には、奨学金のようなものまで授与されるのだ。というわけで、バトンガールになること――それは南部のキャンパスにおいて、ひとりの少女が獲得し得る最高級の地位だとされている――を切望している娘たちが行き着く先は、この協会が運営している予備校なのである。すでにバトンガールになっている場合には、自分のテクニックを磨くためにここを訪れる。各地の学校から、ひとり、または何人かの代表がこの協会に送り込まれ、最新の振り付け《ルーティン》を学んでから地元に帰り、自分たちが学んだものを居残り組に教えるというパターンも多い。他にもまだ、バトンのプロや教師になることを目指してトレーニングしている連中もいる。そういう娘たちの大半が毎年ここにやって来るのだ。アーカンソー州ハニー・パスから来たというかわいい女の子に話を訊いた。九歳のときから八年間もここに通っているのだという。よかったら〈ニガー・ポット〉でも一杯どう？というわたしの誘いに対する、彼女の南部訛りの答えは元気が良かった。「エヌ……オー……つまりNOよ！」こういう娘はたいていチャンピオン候補であり、全国レベルを狙っている。

バトンガールの技術の優劣を判定して争われる大会は全国バトン・トワリング連合の後援のもと、定期的に行われている。競技内容は以下の通りで、無数のカテゴリーに分かれる。ソロ上級、ソロ中級、ソロ初級、ソロ・ストラット、ソロ・ストラット初級、マーチング、フラッグ、ツーバトン、ファイアバトン、デュエット、トリオ、チーム、集団演技（コープ）、少年部門、他州部門、その他もろもろ。それぞれの部門がさらに年齢別に分かれる。〇―六歳、七―八歳、九―一〇歳、一一―一二歳、一三―一四歳、一五―一六歳、一七歳以上。各部門の優勝者にはトロフィーが送られ、上位入賞者五名にはメダルが授与される。一回の大会でかくも大量の金飾りが授与されるので、バトン・トワリングの試合に参加する者は、かたちばかりの表彰式とは言え、それを受けずにいるということがない――「バトン・トワリング人名辞典」じゃあ〝八個のトロフィーに七三個のメダル〟とかが普通で、勲章狂いで有名なオーディ・マーフィーみたいなやつがいても、まるっきり目に止まりもしないだろう。

しかし、競技のルールはかなり厳しいものだ。競技者はそれぞれひとりづつ、審判と記録係の前に立つ。審判が演技を判定し、記録係に採点を伝えるが、演者である少女は規定の時間に達するまでルーティンを続ける。たとえば、ソロ上級の場合、ルーティンは最低でも二分二〇秒必要だが、二分三〇秒を超えてはならない。採点は彼女の習熟度に準じ、総合的な完成度によって下される——そこに含まれるのは、ショーマンシップ、スピード、そして、バトンの落下。〝落下〟はもちろん想像以上に大きな減点となる。参加料はだいたい平均すると各自二ドル程度。自分のこづかいから払っている子もいる。

協会のある森——ギリシャ神話のアルカディアに似てなくもない——では娘たちの集団は並んでいろんな練習をし、それぞれがきわどい衣装をまとっている。森の中央でひときわ溌剌とした一番大きな集団は熱心にストラットの練習中。ストラットの実技練習はPAシステムからとんでもない音量で流れるレコードに合わせて行われている——明るいロックンロールにブギウギを乗っけたような曲だ。この授業では、「ディキシー」「ザ・ストリッパー」「ポテト・ピール」の三曲がじゃんじゃん使われていて、最初に半分のスピードで再生して動きを覚える。続いて元の回転にしてやかましく鳴らす。もちろん、ストラットは、誰にでも見覚えがある体育運動の中でも、もっとも見栄えの素敵なもののひとつだ。入念かつナルシスティックな激烈さが必要だという点では、スペインのフラメンコ・ダンサーをもしのぐに違いない。ハイ・スタイル（〝オール・アウト〟とも言う）ストラットは南部特有のもので、これがまた、ひどく昔風の芝居小屋で流行ったダンスにソックリで——腰をぐいっとくねらせて、ケツを突き出すあれだ。三〇年代の終わり頃の、あばずれの、スパンコールで着飾った、色あせたブロンド髪の女を連想させるダンスなのだ――しかし、オル・ミスは、まあご存じの通り、〝美女の名産地〟であり、これまでに二人のミス・アメリカと、何人もの準ミスを輩出しているのだ。なので、百人もの妖精が、水着や短パン、超ミニの服を着てストラットを練習する光景は、ツイストなんか見てる場合じゃないと思わせるくらい素晴らしいものだった。

ストラットのインストラクターは生徒たちの正面、少し高くなった台の上に立っている。その両脇には二人のアシスタント。濃いサングラスをかけ、ぴっちりとたくし上げられたショーツを穿いている。スリーサイズは上から八六―五六―八六といったところか。フロリダ州ペンサコーラ出身の元気娘。前ナショナル・バトン・トワリング大会シニア部門のチャンピオンで、ミス・チアリーダー・オブ・アメリカ。今はプロに転向している。ここや、近くの小さな団体での授業がないときは、自分の経営してるスタジオで個人レッスンを受け付けている。授業料は一時間六ドル。乗っている車はキャデラックのコンバーチブル。

バトン・トワリングを別の側面から、より学究的に見てみよう。取材初日の夕方、チャンピオンやテクニックの優秀な者ばかりからなる中核グループの選抜メンバーによる公開競技が催された。

スピードと技術についての訓練は、長時間に渡り、神経を痛めつける行程だ。見た目だけでも真に優秀と言えるレベルに達するまでには、途方もなく厳しい努力と忍耐が必要で、一日四時間も練習するということも珍しいことではない。実存主義的に言えば、極めつけに不条理な縮図と見なされるようなものだな。つまり、インドで飢えに苦しんでる人々がいるとかそういう重要なことがあるのに、一日四時間も鉄の棒を巧く放り投げることばかりやってる連中がいるという。なんてこった！　しかし何はともあれ、バトン・トワリングは進化を続け、今や高度に成長した芸術であり、緊密な組織的集団演技と化している——だが、完成したとはまだ言い切れない。たとえば、この競技に学術的な名前——成熟した芸術に冠される肩書き——を付けようとする世論は未だまったくない。理論的には、少なくとも、人間に可能なバトン操作のテクニックで、他の技とは明らかに違うと規定できるものの種類には限りがあるはずだ——つまり、基本形として、長い間変わらずに受け継がれるレパートリーのことである。しかし、バトン・トワリング芸術はまだそれを決める段階にない。ここには、現時点では存在しないバトン操作や空想上のとんでもない動作といった革新がまだまだ次々と生まれているのだ。その理由の大半は、広く熱狂的に支持されている運動娯楽としてのこの芸術の歴史がまだ比較的新しいということにある。たとえば、ディキシー・ナショナル・バトン・トワリング協会が設立されたのは、まだほんの最近、一九五一年のことだ。進化を続けるこのアートの全体像は、いろんな技の名前に反映されている。アラベスク、トゥール・ジュテ、クレイドルなどのよく知られた（あるいは古典的な）名前に加え、もっと風変わりで、今っぽい感じのものでは、バット、ウォークオーヴァー、プレッツェル、その他もろもろ……。そして、古かろうが新しかろうが、そのすべてに膨大な時間の練習が必要なのである。

バトン・トワリングの公開演技の最中、いつしかわたしは法科の卒業生ふたりと話しこんでいた。やがてわれわれは、キャンパスのコーヒー・ショップ〈陽気な悪魔《レヴェル・デヴィル》〉――キャンパス内では、どの店も〈陽気《レヴェル》な〉を名前に付けている――へと場所を変え、興味深い話をした。オル・ミスが何よりも誇りとしているのは、ミシシッピ州で唯一、米国法曹協会から認定されているロー・スクールを設けているということだ。だからこのふたりの法学部生は、奨学金基金からかなりの額の前渡しを受けることも出来るのだという。ふたりは二〇代半ばのさっぱりしたルックスの若者で、いい趣味であつらえられたサマー・スーツに身を包んでいた。わたしの質問に彼らが答えるかたちで、われわれは合衆国憲法について話をした。一〇分ほどして、彼らが合衆国の、ではなく州の憲法について答えていることに気付いた。しかし、わたしが言おうとしていることが明らかになると、ふたりは早々と問題を率直に認めた。

「ここらで黒人についての問題が起きたことは一度もなかったんです」ひとりが、悲しげに首を振りながら言った。眼鏡をかけた彼はとても真面目で、ハーヴァード大神学部生みたいな風貌だった。「厄介な問題なんかなかったですよ――あの煽動家どもがやってきて一連の問題をビジネスにし始めるまではね」

彼らは「問題、すごく厄介な問題」に対して、とても不安を抱いている。その問題は、黒人解放の一環として、来る夏学期に行われる黒人学生〈ジェームス・メレディス〉の試験的入学によって、間もなく巻き起こるだろう。折しも大学当局はどうにか彼の入学を先延ばしにしているが、わたしはこの問題の行く末をはっきりと予想していた。

「まあ、彼がこの大学に来て最初の晩、部屋から麻薬《ドープ》が見つかるでしょうね」と、もう片方が言う。「麻薬、拳銃、何でもいいんですよ。連中は探すふりをして持っていって自分たちで見つけるんですよ！　で、彼をここからたたき出すんですよ！」

ふたりは、事の次第はじゅうぶん承知していると確信をもって言った。その口調も、おとなしく、非暴力的なものだった。

「だけど、この大学の若い在校生たちはカッカしてる。ねえ、彼らはいったいどう感じてるんだろう？　どんなことを話しているのかな？」

するとふたりの法科卒業生は「ジョン・ブラウンの死体」のメロディに合わせて、声を合わせるように歌い出した。「おお、われら、黒人どもの骸をミシシッピの泥に葬りさらん……」ちょっと声が大きすぎる気がした――この非公開の会話の要点を歌で説明してくれているのだろうか――それとも単に、ふたりは一時的に歌に陶酔してしまっているのだろうか。いずれにせよ、真面目な禅問答みたいなやりとりからおそるべき成果を得たとはいえ、この出来事のせいでわたしの気分はちょっと沈んだ。なので、取材は早めに切り上げて、アラムニ・ハウスのちっちゃな部屋に戻り、コーン・ウィスキーをちびちび飲みながらテレビを見ていた。しかし、そうやすやすと解放してはもらえない。突然、テレビの画面に年老いたアーカンソー州知事フォーバスその人が知事選のキャンペーン演説で現れたのだ。六回ほど脈絡なく顔面がひどく痙攣し、言葉が途切れると無理矢理水をがぶがぶと飲み、咳をし、唾を飛ばす。気が狂っているようにしか思えない。最初はてっきり、かなり悪趣味で意地の悪い物真似をした男だろうと思った。しかし、どうやらそうではなく、フォーバスその人だった。だけど、どういうわけでアーカンソー州の予備選キャンペーンの演説がミシシッピー州で放送されるのか？　単なる冗談じゃないのは確かだ。あとになって知ったが、テレビ業界では国民的に重要な出来事についてのは全国中継がなされるのと同じで、あれは米国南部の州一帯で中継されるほど重要なことなのだった。

協会で配られているスケジュール表を一部もらった。それによると明日のスケジュールは以下の通り。

七時三〇分　さあ起きなさい
八時—九時　朝食—大学内カフェテリア
九時—九時三〇分　朝礼、準備体操、復習—グラウンド
九時三〇分—一〇時四五分　第四組授業

一〇時四五分—一一時三〇分　休憩—メモを取る
一一時三〇分—一二時四五分　第五組授業
一時—二時三〇分　昼食—大学内カフェテリア
二時三〇分—四時　第六組授業
四時—五時三〇分　水泳
六時三〇分—七時三〇分　夕食—大学内カフェテリア
七時三〇分　ダンス・レッスン—テニス・コート
一一時　室内清掃
一一時三〇分　消灯（厳守）

「さあ起きなさい」という書き方には気合いを感じた。大きく強調してある「厳守」にも。でもまあ、他の時間にはどうにか取材できそうだ。朝のコーヒーを味わった後、わたしは大学図書館へと向かった。この大学にどんな本が置いてあるのか単純に見てみたかったのだ——合衆国憲法についての本以外に、という意味だが。実際には、蔵書もそろっていて、建物もとてもモダンで快適に造られている。エアコンは効いていて（偶然にも、わたしの泊まっているアラムニ・ハウスと同じく）、灯りが隅々まで行き届いている。しばし中を見てまわったあと、新品同様のフォークナー「八月の光」の初版本を手に取り、慎重にページをめくった。そして、

〝黒人を愛する女《ニガー・ラヴァー》〟という章の題名に落書きされているのを見つけた。どうもわたしは悪い運にとりつかれているようだ、と思うしかない。さらにその数分後、図書館の階段で、ちょっとしたショック体験をすることになった。事実は小説よりも奇なりというような、よくある皮肉に虚を突かれたのだ。「八月の光」の一件などまったく忘れて、階段に腰掛け、ちょっと一服しているときだった。とても気さくそうな中年の紳士が通りがかって天気の話をしてきた（この日は気温が三九度もあった）。そして、上品な物言いで遠回しに、何をしにいらっしゃったのですかと訊いてきた。汚れのない清らかな表情でピンク色の肌をしたこの男性。スーツの襟に銀色の鎖で繋がれた鼻眼鏡を付け、指の爪はキレイに磨かれている。革製の洒落たブリーフケースを抱え、英文学の教科書二冊を少しばかり階段の手すりの上に置き、何がそんなに幸せなのだというほどの笑みを浮かべながら、わたしを見下ろしていた。

「やあ、今日はすごく暑いですね、いや本当に」と、彼は白く輝くリネンのハンカチで眉の辺りを丁寧に拭きながら言った。「……あなた、ずいぶん北の方から見えたんでしょう」まばたき一回。「そうお見受けしますよ！」それから突然、男はミシシッピーの人間たちの〈寛容な気質〉について話をし始めた。うれしさを抑えた声で、まるで彼自身にとってもその寛容とやらが尽きることのない神秘と歓びの源泉であるかのように。

「余計なお世話だってことですよ！」と彼はにこやかに微笑み、うなずきながら言った――その笑い方はわたしにはひどく怪しくて得体の知れない脅威に思えた。いや、違うな。彼は単にとても気だてがいいだけだ。「〝自分は自分、他人《ひと》は他人《ひと》！〟これぞミシシッピ気質なんです――いつの世もね！　ほら、ウィリアム・フォークナーっていたでしょう。いろいろおかしなことも言ってたけど、ずっとオックスフォードでちゃんと暮らしてたし、誰もあいつの邪魔なんかしてませんよ――ただもう好きにさせてたんです――ほら、この大学に呼んで、一年間授業だってさせましたよ！　ねえ、そうでしょ！　自分は自分、他人《ひと》は他人《ひと》――最高じゃないですか！　じゃあまた」陽気に輝いた顔をしたまま、男は〝さよなら〟と手を振り、急ぎ足で立ち去っていった。なんなんだ、この不気味で、お気楽な教師は？　例の落書きしたのはあいつじゃないのか？　あの男の言った〝寛容〟の精神と、陽気な感じのせいで、わたしはたじろいでしまった。急いでグラウンドへと戻り、心の平衡を求めた。そこではほぼ相変わらず物事が進行していると思ったので。

「きみのコスチュームは体を動かすのに役立ってると思う？」たまたま初日に会った一七歳の娘、ジョージア・ピーチが通りがかったので、わたしは訊ねた。彼女は南部連合の旗をハンカチ・サイズにしたようなきわどい衣装を身につけていた。

「もっちろんですとも」と馴れ馴れしい調子で彼女は答えた。小さなブラウスの裾はまくり上げられて、肌にぴっちりと密着している。南部の女の子特有の、答えているのに、質問しているように聞こえる、変にうわずり気味のアクセントで彼女は続けた。「どうしてって、わたしの田舎のメーコンではね……ジョージア州メーコンね？　ロバート・E・リー高校？　……あそこじゃこの服にタッセル（ふさ）を付けてるの！　それから赤地に金刺繍のミニスカート？……それって、ほら、外にめくれてるフレアって感じ？　そうねえ、みんなメチャ可愛いし、もちろんミニスカートだし。でもね、タッセルとあのスカートってはっきり言って邪魔なのよね！」

後は、終日何事も無く過ぎた。ストラットの練習をしばらく眺めて、明日のダンス・レッスン見学のために切り上げた。宿に帰ればどうせまた、テレビでフォーバスとご対面だ。

ダンス・レッスンは板塀で囲まれた屋外のテニス・コートで行われた。それは素晴らしい眺めだった。南部白人地域で流行しているダンスのスタイルは、他のアメリカ白人地域のそれよりも常に一歩進んでいる。そして、これまた常に、そのダンスは黒人のハーレムで同じ頃に生まれたダンスとかなりよく似たものである。ハーレムの文化はどんなものであれ国民的スタイルとなるべきものを常に先駆けているのだ。コートのファール・ライン付近に突っ立って、わたしはじっくりと考えた。そして（この日のレッスンを眺めながら）興味を惹きそうな結論にたどり着くべく悩み続けた。つまり、南部白人の受け継いでいる美徳、あるいは、良い面と言えるもの――フォーク・ソング、詩の朗読、折々に見せる暖かい人情、ややこしくない人間関係とか――そういうものはすべて有色人種文化から端を発していることは明らかであろうということ。本誌に依頼された任務のせいで、ダンス・レッスンの際のＰＡシステムについて調査の成果を見せることは出来なかったが――実を言うと、取材を始めるときはバトン・トワリングのことなんかまったく考えてもいなかった――おしまいに、いくつかダンスを見てから、さらに娘たちに質問をした。彼女たちの世界観はとても変わっていた。多くの娘たちにとって、ニュー・ヨークはまるで別の国のようなものだ――いかがわしくて、離れすぎていて、彼女たちの大きな野望の前では大した意味を持たない。「テレビに出たくて」と目を輝かせてしゃべる娘たちもいるが、たいていそのテレビとはメンフィスで制作されている番組を指すこともわかった。そう、メンフィスこそが娘たちの価値基準と最高善を司るメッカなのだ。そろそろ日も暮れてきた。娘たちがどれほど可愛かろうと、その価値観に相づちを打ち続けるのはかなりつらくなり、ようやくここで取材を終了することにした。メモにはやはりこう書いておくことになるだろう。ディキシー・ナショナルの娘たちは森の中でも外でも厳しく監視されているのだと。

翌日、わたしは最後にもう一度取材に出向いた。バトン・トワリングにおける技術の進歩についてメモを書き記すだけのために。ワン・フィンガー・ロール、ツー・フィンガー・ロール、スリー・フィンガー・ロール、リスト・ロール、ウェスト・ロール、ネック・ロール、その他もろもろ。一二歳くらいの少女がひとり、バトンを六〇フィート上空に投げ上げた。ミシシッピの太陽に照らされ、バトンは銀色の弧を描く。その下で彼女はスケート選手のようにくるくると回り、落ちてきたバトンを背中越しに受け止める。その間、一インチも場所は動かずに。この練習を毎日一時間、六年間続けているのだという。彼女の望みは〈この学校で一番のハイ・トス＆スピンを極めること〉。今のところ、バトンをキャッチするまで七回は完全に回転することが出来る。人間の能力で為し得る高さと回転の数に限界はあるのだろうか？　いや、彼女には無いだろうなあ。

　昼食のあと荷物をまとめ、ディキシー・ナショナルにさよなら《アデュー》を告げて、メンフィス行きのバスに乗り込んだ。オックスフォード・スクエアにさしかかり、あの郡役所の前を通り過ぎたとき、相変わらず影に隠れている水飲み場を見た。前に通って見たときより二時間は経っているのに。たぶん、ずっと影になったままだろう――涼しげで魅力的だな。どうしても見に行きたくなるんだよ。

ダンプリング・ショップのスキャンダル

Scandale at The Dumpling Shop

怒れるアメリカ人母親数人の要請により、先日、われわれはニューヨークでもっとも大きな玩具店のひとつである〈ダンプリング・ショップ〉を訪れた。この店が売り出したベイビー・ドールの新シリーズを調査するためだ――この人形こそ、ことの発端であり、母親たちの抗議の的なのだ。

「とても言うに堪えないことです」と、ウェストチェスターに住むレイトン・レイムス夫人は手紙に書き記していた。「わたしたち自由婦人クラブは行動を起こします。あなた方の雑誌を信頼してもよろしいでしょうか？」

そりゃあ、もちろん、われわれ『リアリスト』みたいな自由な発想の雑誌にとって、この手のお堅い論議に関わるのはちょっとした脱線ではある。しかし、そのときどきで立場を明確に出来ないのなら、雑誌の存在価値などない。少なくとも、これは文化的に重要な話題である。

とにかく、今は難しい時代だ――西側と東側が力ずくで衝突し、伝統的な文化は足下をよろめかせ、ひどくもがき苦しんでいる。冷笑主義がはびこり信じるものもない世界では、若者は価値あるものを必死になって探しているのだ――というわけで、〈ダンプリング・ショップ〉からの帰り道、われわれは暗い気持ちだった。問題の人形たちを見てしまったからだ。その名も〈キャシーちゃん生理《カース》人形――ちっちゃなタンポン付き〉。

この〝人形〟は、店の経営者のそっけない説明によると、前のシーズンに大ヒットした〈泣き虫《タイニィ・ティア》ティナちゃん――生意気おしめ人形（〝この子は本物の涙を流すし、おもらしもします〟）〉の、単なる〈必然的な続編〉に過ぎないのだという。これが〈続編〉か、そうでないかは、少なくともわれわれにとっては、とりたてて大きな問題ではない。問われるべきはその〝趣向〟であり、〝社会的責任〟であり、〝公共の良識〟なのだ。

この三つの罪でわれわれは〈ダンプリング・ショップ〉と〈かわいいキャシーちゃん生理人形〉の製造元双方を、重大な過失を犯したということで審判する。この人形を展示するための贅を極めた飾り付けは、〈ダンプリング・ショップ〉の小洒落た四階にあって突出して目立っている。天井には巨大でカラフルな看板がサーカスのように広がり、幸せそうな少女が、腕に抱いた人形を機嫌悪く叱りつけている姿が描かれていた。「どうしたの、キャシーちゃん？　あなた汚しちゃったんでしょ！　ほら、キレイなパンティーを履いて、ちっちゃなタンポンを入れましょうね！」

確かに、この人形はあまりにも無邪気すぎたのだろう。だから、ご婦人方の金切り声とお上品な抗議が巻き起こるのだ。日々わたくしたちに押しつけられる、新商品開発と物欲の関係の単純抽象化には反対です、とね——自由婦人クラブの会費や大安売りもそういうシステムの一部だというのに。しかし、それでもなお、われわれには問いかける権利がある。こんな馬鹿なものを作るほど、本当に新商品のアイデアは尽きたのか？　そのうえ、これからどこまで行ってしまうんだ？　行く末をあやしみ、不安とともにあれこれ考えずにはいられない。次は何だ？　ヴィクターちゃんゲロ《ヴォミット》人形？　ケイティちゃんウンチ《カーカー》人形？　ドンちゃん下痢《ディアヒー》人形？　間抜けなサミーちゃん射精《シュート・オフ》人形？

　駄目だ、そんなもの買えない。絶対に買うものか。われわれはレイトン・レイムス夫人に返事を書いた。「もちろんです、大いにご信頼ください。わが雑誌とわれわれスタッフはひとりの人間としての責任感を背負い、あなたの訴えを押し進める覚悟です。われわれにとって、この訴えは、この広い国に住むすべての正常なオツムの親御さんのものでもあるんですから」

テリー・サザーン、オカマの看護士にインタビューする

Terry Southern Interviews a Faggot Male Nurse

ラリー・M、三四歳、白人。ウィスコンシン州ラシーン生まれ。ニュー・ヨークに来て九年目。現在はこの街の、とある大病院で、病室付けの介護士として雇われている。これからお届けするのは、一九六五年三月七日に行ったインタビューの完全版である。

Q：よし。それでは……今、きみは〝オカマ《ファゴット》〟の看護士として働いて何年？――確か九年だっけ？

A：ええと、そうですね、ちょっと待って！　ホホ。つまり、ほら……わたしは、あなたがどちらの雑誌から取材にいらっしゃったのか知らないんで――『リアリスト』とおっしゃいましたっけ。コピーかなんか見せてもらいましたけど、この手の記事がなかったものでね……つ

まり、ハハハ、わたしがその手の記事に載るっていうことじゃないんですよね！

Q：ああ、なるほどね。まあ、そのつもりはなかった……。ええと、何て言ったらいい――〝ゲイ〟？　それとも〝ホモセクシュアル〟？

A：そうですね、ゲイ、確かに、ゲイって言い方は当たってると思います。ホモセクシュアル――でもいいです。どういう意味であれ、わたしはその言い方も恥じてはいません。

Q：了解。じゃあ、そうだな……〝ファゴット〟っていうのはどういう意味なんだい……。きみにとって〝ファゴット〟とは？　……〝冷やかし〟だろうか？

A：〝冷やかし〟。確かに冷やかし――そう思いますよ……ええ、きっと冷やかされてるんです。

Q：そう、わたしはそういう意味でこの言葉を使うつもりはなかった――誓ってもいい……わたしは単にこういう風に使おうとしていたんだ……ほら、〝短波ラジオでキャッチしたニュース〟みたいなものでね。つまり、〝意味論者〟とかみたいに最近よく使われている言葉として〝ファゴット〟と。

A：この言葉がよく使われてるのは知ってます。いやでも耳に入りますから。それにたぶん……たぶん、彼らは正しいんです。だから使ってるわけでしょ。でも、全然知らなかった。あなたがそんな風に考えてくれていたなんて――ハハハ……。

Q：でもきみは本当は〝ファゴット〟って言葉は〝冷やかし〟だと思っているわけだ？

A：うーん、知ってはいますよ、そういう意味で使われていたことは。

Q：どういう意味？　〝冷やかし〟でってこと？

A：うーん、〝冷やかし〟……じゃなくて見下してるというか……。恩着せがましい……そう、恩着せがましいんです。まるで……一種の寛容みたいな……わかるでしょ？　リベラルな連中ほどこの言葉を使うんですよね――リベラリストって言われてる連中でも最低の種類に属するヤツらがね！

Q：ああそう？　じゃあ〝クイアー〟って言葉についてはどう？

A：〝クイアー〟ですって！　あらまあ、ハハハ！　おっしゃる意味がわかりませんね……。そんな言葉、誰も使わないと思いますよ。そんなのは……トカゲとか何かに使う言葉でしょ。

Q：なるほど。わたしも〝クイアー〟みたいな言葉は使ったことはないな……。〝フェアリー〟とか〝パンジー〟みたいな言葉も実際には使ったことがない……。わたしにはわからないけど、こういう言葉は、何だか古臭く思えるだけなんだろうね。じゃあ〝ブルーツ〟ってのはどう？　〝ブルーツ〟って呼び方はレニー・ブルースが作ったんだよ。君も〝ブルーツ〟の使い方はわかるだろ。オーケイかな？

A：〝ブルーツ〟？　レニー・ブルースが使った？　へえ、レニー・ブルースね……。レニー・ブルースがこういう言葉を使ったっていうことは……つまり、〝ゲイ〟の代わりにこの言葉を使ったっていうこと？

Q：ああ、よく使ってた。今は知らないよ。いろんな意味があるだろ……まあ、昔はそれで通ってたみたいだ。

A：へえ……つまり、レニーが〝ゲイ〟の代わりに〝フルーツ〟を使っていたと？

Q：そう、〝ゲイ〟の代わりだ。〝ファゴット〟の代わりでもある――彼は〝ファゴット〟とも言うけどね。

A：そうですね。確かに、中にはこういう言葉を上手に使える人もいますよね……上手く使えて、しかも、わたしたちに対して攻撃的じゃない。

Q：その通り。そう、それなんだよ――わたしは〝ファゴット〟と言うことで、きみたちを責めようなんて思ってなかった。

A：ええ、わかってますよ……今ならもっとよくわかります。あなたにその気は無かったってことがね！　でもね……実際にそんな言葉を使う連中を目の当たりにしたら驚かれると思いますよ。

Q：えっ？　この病院の中にかい？

A：病院にも……もちろん、どこにでもいますよ……ええ、この病院の中にだって、います。ここは一種の……社会の縮図ですから。あなたが好きそうな言い方ですけど。

Q：ええと、それでは……きみの仕事とか、いろんなことについていくつか質問をしようと思うんだ、いいかい――

A：ええどうぞ、ご自由に。ハハ……ところであなた《ベイビイ》――うまく言えないけど……わたしたちの実名とかは載せないんでしょうね……。

Q：もちろん、きみの名前は載せない。つまり、そうしないと――

A：そう、それが問題なんです。でないと、何もお答えすることができなくなります――あなたにはわからないでしょうけど、ここはとてもお堅い州なんです。こういう話題を単にしてるだけで……免除《イミュニティ》される……無事《インピュニティ》でいられない？　あれ、どっちだったっけ？　あなたはライターさんでしょ。ハハ。あなた、本当にライターさん？

Q：無事《インピュニティ》でいられない……この手の話題をしていたら無事ではいられない、ってことだね。

A：答えになってなーい！

Q：何のこと？　ライターかどうかってこと？

A：そう！　何を書いているんですか？

Q：まあ、いいじゃないか。インタビューを始めよう。それが終わったら……きみがわたしにインタビューしたらいい。どうだい？

A：まあ、ホホホ……。

Q：わたしは今回、このテープに入った会話をありのまま書き下ろそうと思っているんだ。編集とかそういうことは一切しない。だから、もし会話が脱線したら……ほら、ごちゃごちゃになってしまうだろ。わかるかい？

A：クライスラーが気にいらない？

Q：クライスラーって？

A：クライスラーですよ？　クライスラーってあなた言いませんでしたっけ？　あなたの雑誌のボスのこと！

Q：ああ、クラスナーね……ポール・クラスナー。

A：クラスナー！　そう、ポール・クラスナー——どんな人？

Q：あー、いいかい、そんな話はどうでも……まあいいか。ポール・クラスナー、彼についてひとつだけ教えてあげよう。雑誌作りにおいて彼にはこういう信条がある……。〝タイト《きっちり》&ブライト《すっきり》〟。「タイト&ブライトでいこうぜ！」それが口癖でね……だからこそひとつのこと——つまり、きみのお話だけにしぼらなくちゃならないんだ……でないと、ポールと大げんかするはめになる。わかってくれるかな？

A：彼のこと〝ポール〟って呼ぶんですか？

Q：ああ。

A：ホホホ。

Q：何がおかしい？

A：何でもないです！　怒らないで！

Q：さて……じゃあ質問を始めよう。何が魅力でこの仕事を？

Ａ：人間！　わたしは人間が大好きなんです――人と一緒にいるのが好きだし、人の役に立つことが好き。それが病院の仕事というものなんです――人を助けるということが。

Ｑ：医師になろうと今までに思ったことは……

Ａ：いえいえ――全然、そんな忍耐力無いですもの……研修とかしなくちゃならないでしょ。それにすごく……技術を要する仕事だし、よくわからないけど、すごく冷血な仕事ですよ。ええ、わたしとはアプローチが違うんです……わたしのアプローチはより直感的で、より本能的で、それにもっと直接的で、もっともっと密接で――つまり、わたしは患者さんを直にお手伝いするんです。四六時中ずっとね……医師《せんせい》はひとりの患者さんを、たぶん、一日に五分ずつ診るだけです――わたしが知る限りでは……そりゃあ、わたしは診察はしませんよ。でも、わたしは患者さんと一緒にいるんです。それが違いなんです。わたしは患者さんと一緒にいます。彼がわたしを必要とするならいつでも。医師《せんせい》は何もしませんよ……患者さんとの交流なんて何もない。わたしには患者さんたちとの親密で……温かくて……素晴らしい、素敵な交流があるんです！　みんなわたしのことを愛してくれますよ。みんながね――いえ、みんなじゃない。言いたくないけど……中には、ほら、手助けなんて要らないっていう人たちがいますよね。そういう人たちは愛がどういうものなのかわかってないんです――人を愛せないんですよ。ねえ、あなたもよくご存じでしょ……。

Ｑ：きみがゲイだから愛さないんだとは思わない？

A：ゲイのせい？　ホホ。わたしがゲイだから？　そうですね！　いいえ、YESとNOの両方です！　わたしを好きじゃない人たちがいる……わたしのことを嫌うどころか、憎んでる人がいるというのも本当です。しかも、わたしもそう思ってるからお互い様で……まあ、こんな言い方したくはないですけど、気の毒な連中ですよ——なにか怖れているから、わたしを嫌うんです——愛しあうことを怖れてるんですよ。そして自分自身をも怖れている——医師《せんせい》たちは、まさにこういう典型ですね。

Q：医師たちが？　彼らもきみを嫌ってるのかい？

A：医師《せんせい》ね。ハハハ……まったく、あの人たちとはうまくやっていけませんね——アプローチが違うんです。つまり……要するに、彼らは患者のケアなんかまるでしないし——そして、そのことにわたしが感づいているのもよくご存じ！　だから、怖れているんですよ——わたしのパワー……わたしの愛の方が強いことを知っている、だから怖れるんです……。

Q：何を？　仕事をとられるとか？

A：それとも、魂を奪われるとかね！　ホホホ。

Q：ふむ、もちろん医師の中にはきみを認めている人だっているよね——でないと仕事を続けることなんて出来ない——

A：あら、中にはね。その通り！　本当に優秀な、最高の人たちはいますよ。わたしの仕事を正しく認めてくれるし、わたしも彼らを認めています。お互いに尊敬しあってるんです。でも、良い医師《せんせい》なんて少ないものですよ。一〇億人にひとり？　言うまでもないかもしれないけど、本当に偉大な医師なんて――実際にはいないも同然なんです。

Q：ほう……わからないな――本当に良い医師がまったくいないって言いたいのかい……それとも、きみを好きになる医師がいないってこと？

A：いいえ！　そんな意味じゃありません、そうじゃなくて。わたしが言いたいのは……。そう、例えばシュヴァイツアー博士……。シュヴァイツアー博士にお会いしたことはないけれど、あの人は偉大な医師に違いありませんよ。思うんですけど……ええ、きっと、あの人ならわたしがやっていることの意味を理解してくださるはず。もちろん他にも、この病院にだってそういう医師たちが何人かいますよ。偉大ではないけど優秀で……最高で……わたしのことが好きで、わたしを認めてくれてるんです。

Q：ふうん……それじゃあ――

A：いいですか、みんなを手放しで賞賛する気はないんです。ええ、病院の介護士とか、男性看護士とか何でもいいですけど、そういう仕事のすべてをね……わたしが標準だなんて思わないで下さい。他の連中は――言いたくないけど。

Q：どうして？　彼らはどんな感じなの？

A：そうですね、詳しく言いましょうか。そういう連中は病棟にいる人たちが好きだから仕事をしているんじゃないんです。

Q：どういうこと？　何故？

A：つまり、彼らはサディストなんです。ほとんどが――特に精神病棟にいる連中はね……大きくて、鈍感で――まあ、あなたにはわからないでしょうね。ああいう特殊な病棟で何が起こっているのか――ケダモノ、まるで猿みたいな……大きくて残酷な猿がいっぱいいるようなものなんです！　やつらはただぼーっと座って待っているんです、誰か患者さんが暴れ出すのを。それで寄ってたかって痛めつけるんですよ。

Q：ホント？　痛めつけるだって？

A：彼らは〝ぶったたき《スラミン》〟と言ってます。誰かが暴れ出したら、連中はわめき立てるんです。「ぶちのめせ《スラム・ヒム》、ジョー！　そのバカをぶったたけ《スラム・ザット・ナット》！」って。〝スラム〟の本来の意味、というか、本来そうあるべき意味は、〝独房《スラマー》〟からきてるんです。つまり、怪我を防ぐために壁を柔らかく作ってある部屋にその人を放り込み、ドアをぴしゃりと閉める《スラム》――おとなしくさせるためなんですけどね。

Q：それで、彼らはどういう風に〝スラム〟するわけ？

A：どうやって？　冗談じゃない！　思うがままですよ。出来ることなら、握り拳を使ってね――本当はそうしたいんです……つまり、ならず者は決してこん棒に頼らないという評判を得ることをプライドにしていますから――革張りのこん棒《ブラックジャック》。「ビッグ・ジョーがこん棒を使わなくちゃならなかったとはな！」これは最悪のケースが起こったことを意味します。ビッグ・

ジョーがこん棒を使わなければいけないなんてね！　まあ、もちろん、ホンモノの痴呆は普通の人間四人分くらい力が強いんですけどね。

Q：うーん……。でもさ、みんながそんな風なわけじゃないよね？　精神病棟だけだろ？

A：これは精神病棟での話。ええ、でも別の話もありますよ。まるっきり正反対というか──反対ではなく、まったく性質の異なる話なんですが──看護士たちは病院でモルヒネのそばで働いているんで、実際に手に入れることが出来るんです。彼らは誰かを痛めつけることにはあまり関心が無くて──脇によけてそれを見てるんですよ……窓から落っこちろとか思いながらね。殴りつける必要があるときでも、後頭部を軽くこづくぐらいしかしません──無感動なんですよ、すべてに……別世界の住人なんです。中には、すごくたちの悪い手癖の付いた連中もいます──つまり病院の仕事をしたくないときは、モルヒネを売って一日で二、三百ドル稼ごうっていう。

Q：で連中はモルヒネを手に入れる、と──どうやって？

A：まあ、やつらはとにかく手に入れるんです！　ホホホ、必要なものですからね──もしあなたがモルヒネを金庫に入れて海の底に沈めたとしても、連中はどんな手をつかっても手に入れるでしょうね。伝説の脱出男フーディニにだってなるでしょう──どうしたってやめさせられませんよ、何をしてもね！　連中はどうやって手に入れるかなんて考えやしません──望むのは、ただモルヒネのそばにいることだけ。そばにいれば、必ず手に入るんだから！　ご存じの通り、大きな病院には大量のモルヒネがあります。
Q：うーん、きみはどう思う……つまり、彼らは仕事はちゃんとやっているわけ？
A：まさか！　連中はゾンビみたいなもの——感情なんかまったくないし……患者さんの役に立つなんてありえない。もちろん、わたしなら精神病棟の患者さんとも素晴らしい交流を持ちますよ——でも、彼らは、患者さんのことも他のこともどうだっていいんです……誰とも話すらしませんし。もちろんわたしともね——そういう連中は誰ひとりしてわたしと話なんかしないでしょうね。
Q：でも、連中だって自分の仕事はしなきゃならない……？
A：もちろん！　仕事はしますよ。そのへんはぬかりないんです。自分の仕事はね！　ええ、その通り。とってもよく働きます……手際よく、しっかりと——つまり、馘首《くび》になったら食べていけないでしょ。だから……だから仕事はするんです、すごく……ある意味ではとってもしっかりとね。とても丁寧だし、真面目です——でも笑ったり、優しい言葉を誰かにかけたりはしない。そうだわ、あの人たち、真面目すぎるんですよ！　ハハハ！　まあ、わたしはもちろん彼らみたいな人たちは雇いません、わたしの病院では。それは断言できます！
Q：ちょっと待った、何だって……そういう考えがあるの？　病院を経営するとか？
A：ええ！　それこそが、わたしが本当にやりたいことですよ——自分でつくった病院を運営してみたいですね。

Q：それって……もしかして……全員ゲイのスタッフ？

A：なんですって？　ホホホ！　ま・さ・か！　バカにしないでください！　あきれたわ！　ハッハッハ！　全員がゲイの病院！　まあ、もしかしたら……もし実現したとしても……どうなることやら？　ただひとつ言えることは、わたしは絶対に女性の看護婦は雇いませんね！

Q：絶対に？

A：ええ！　雇いません！　あなたがどう思ってるのか察しは付くけど、気にしません。どうせ現実の話じゃないしね。とにかく絶対に女は雇わない。

Q：なるほど……でもどうして？

A：どうしてか？　理由はとても簡単です。病院というものは……病院のあるべき姿は……清潔で……能率良く……上手に運営されていなければならないんです！　愛のある雰囲気で……人間らしい愛情と温かみがあって！　患者さんへの世話も充実していなくちゃ！　患者さんの世話をする人がいつもいて！　女っていうのは、いつもじゃないけど……生理がくるとぶーぶー言うでしょ！　こなくても言うし！　更年期障害だとか！　まだ更年期じゃないとか！　髪を洗ったとか！　洗ってないとか！　まったく！

Q：それって――

A：ご存じですか……これだけは言いたいんですが……看護婦……女の看護婦っていうのは、患者さんよりもひどくたくさんの問題をかかえてるんですよ。本当に。彼女たちはいつもビョーキで――年柄年中ビョーキなんです！　生理じゃなきゃ、なんか別のビョーキなんですよ。おっぱいの調子が悪いとか！　それか、身体の中の――卵巣とか！　子宮とか！　外陰とか！卵管とか！　ああもう知ったこっちゃない！　ああ神様、わたしは看護婦がロクでもない卵管の話をするのはもう聞きたくないのです……！

Ｑ：えーと――

Ａ：ええ、わかってます……言いすぎました。大丈夫、大丈夫、あなたが正しいんです……間違ってるのはわたし。でも……でもですよ！　……ちょっと言いすぎただけじゃないですか。わかってくれますよね？　だってこれは真実なんです……ホントのことなんです。ちょっと言いすぎましたけど。そうでしょ？　わかってくれますよね？　もうひとつこんな話もありますよ。これこそホントの話です――看護婦の大半、ほとんどすべての女たちは、現実問題として、結婚していません……。彼女たちは性的に欲求不満なんです。それで腹を立てているんです、プンプンプンプン！　ねえ、あなた《ベイビィ》……

Ｑ：うーん、彼女たちは医師とやったりしないの？　患者さんとか？　つまり――

Ａ：それはもちろん！　やってますとも！　医師《せんせい》たちでも、患者さんでも、研修医でも……病棟に出入りしてる男の子、守衛さん――誰だっていいんですよ！　ねえ……ほら、だから今、彼女たち、どこにもいないでしょ。彼女たちときたら……トイレで横になって生理中の我が身をいたわってるか、トイレから出て、どっかで寝転がっているか、どっちかなんですよ！　例えば……物置の中とか、どっかにね！　ホホホ！

Q：で、きみはしないの——

A：だけどねえ、口にはしないけど、感じのいい看護婦さんも中にはいますよ……ひとり、すぐそこにいます。この階にね——昼勤の看護婦さんで……かわいいひと。完璧にかわいらしい小柄なおばあさん——○○さんは、いったいいくつだったかしら？　確か六十……四歳。六四歳ですって！　すばらしい看護婦さんですよ！　ホントに。すばらしくて美しいおばあさん！　でもねえ、ホホ、言わせてもらえば……これは珍しいこと。とっても珍しいケースなんです！

Q：ああ、それで——

A：でもねえ……ちょっと待ってください——あなた、さっき何て言いました？　ちょっと前に。なんで看護婦が病院の男たちと寝ないのか、って言ってましたよね？　患者さんと寝るとか——そう言ってましたよね？

Q：ああ、看護婦は欲求不満だって……。

A：ええ。でも、だからと言ってそんなことしませんよ……だいたい、それってどんな病院なんですか。お願いだからそんなこと言わないでください！　看護婦たちがそこいら中で横になって誰かと寝てる、とか！　そうすべきだと思ってるんですか？　ホホホ、あなたって……病院に関して面白い妄想をお持ちなんですねえ！

Q：そうすべきだなんて言ってない。ただ、やっているんだろうか、と思っただけだ。

A：それから、全員がゲイの病院っていうのもケッサク！　ホホホ！　おもしろすぎますね！

Q：へえ、きみはそんなことは考えないんだ……そうだったらいいなとか。想像したこともないの？

A：まあ、全員ゲイのスタッフが働く病院に入院するのはゲイだけでしょうね。

Q：でも全員ゲイが働く病院って可能なんだろうか？　つまり、例えば、守衛さんもゲイなのかな？

A：オッホッホ！　そりゃそうでしょ！

Q：まあそうだよな、理論的には――

A：ホホホ！　わたしの親友にもゲイで守衛やってるのがいますよ！

Q：つまり、言いたいのは――

A：うそうそ、冗談です！

Q：ああ、わかってるよ。それはわかってる。すごく面白いね。

A：ホホホ！　あなた笑わなかったじゃない！

Q：そうか……ホントにそう思ったんだ。つまり、冗談だってちゃんとわかってるって意味だけど。わたしはそれを冗談だと認定した。ハハハ。これでどう？

A：ホホホ……そうね、あなたは病院に関して面白いアイデアをお持ちです。そうとしか言いようがないですよ。

Q：わたしはアイデアなんか持っちゃいない——きみにそういうことを話してもらいたかったんだ。つまり、わたしたち……というか、きみは途中まである種の一般論を述べていたに過ぎなかった。医師の問題とかね。だからわたしはそういうヘンなことを訊いてみたんだ。

A：全員がゲイの病院について？

Q：そう、働いてるのはみんなゲイ。その通り。

A：そうですね、そりゃあなかなかいい病院になるでしょうね。それは言える。今ある病院よりはマシでしょうよ。

Q：そうだな、たとえば……ゲイのスタッフがこういうことしたりしないかな……ゲイじゃない患者さんを利用しようとするとか？　眠ってる間とか、体が弱ってるときとかに？

A：ホホホ！　そうですね、そこに愛と言えるようなものがあるのなら……ところで〝利用する〟っていうのはどういう意味で？

Q：さあね、わたしは知らないよ……連中がしそうなことさ。

A：ふうん。とにかく、ひとつ言えるのは——そういう人は警戒をたっぷりしておくにこしたことはないでしょうね！

Q：なるほど……。

A：あなたのことですよ！
Q：うーん……。
A：ホホホ！　うそうそ、ご心配なく！

狂人の血

The Blood of a Wig

わたしのもっとも不思議なドラッグ体験は、今振り返ってみれば、ヴィレッジのビートニクやハーレムの変な連中と一緒にいたときではなく、一〇時から四時まで働く気狂いじみたニュー・ヨークのビジネス・タウン、マディソン街の連中に紛れて仕事していた短い間に起こったものだった。

ことの発端は、〝男性のための雑誌〟『ランス』で仕事している友人からの一本の電話だった——彼はわたしが金欠だということを知っていた。

「小説担当の編集者がひとり梅毒か何かになっちまって人手が足りない」と彼は言った。「しばらくその替わりをやってみないか?」

ほとんど寝ぼけた頭だったが、仕事の内容についてずけずけと質問をすることで頭をすっきりさせようとした——だけど、彼にもよくわかってないみたいだ。

「いやあ」しばらくして、彼は言った。「何もしなくていいよ。それがお望みならね」無愛想で陰気なやつ――彼の名前はジョン・フォックス。イエール大学の卒業生で作家志望だが、彼の（ぶっきらぼうで、不機嫌な）説明によれば、今はそれを〝棚上げにして〟いて、マディソン街でいかした仕事をしていることについても、いつもおかしな理由をつけている――例えば今は、母親が精神分析を受けるための費用を負担するためなんだとか。

とにかく、わたしはその仕事を受け、すでに三週間ほど働いている。もちろん、ジョンが言ってたような、何にもしなくてもいいなんてことは嘘だった――ベッドから出る必要すら無い、みたいな言い方だったと思うんだが――でもまあ、三週間経って、わたしの新しい日常は極めて順調だった。一〇時に起きて、顔を洗い、歯を磨き、新しいシャツを着て、抗鬱剤《デックス》を飲み、いい感じになる。ジャンキーの万引き野郎から五ドルで買った電気髭剃りで、タクシーの中で髭を剃り、オフィスには一〇時半かそこらには到着。キビキビとヒップにきめる。それからわたし専用の小さな仕事部屋へと向かい、鍵を閉め、編集部に勝手に送りつけられる原稿に同封された返送用切手をくすね始める。編集部にはとんでもない量の原稿――一日二〇〇通ほど――が届く。そして、これらはだいたい二種類に分類される。（一）エージェントからのもの、（二）アポイントも無しで直接、作者から送られてくるもの。一対三〇くらいの割合で（二）が圧倒的に多く――そうした原稿は巨大な山となって積み上げられ、〝クソの山〟とか、（原稿を読む女性担当に言わせると）もっと上品に〝ゴミの山〟とも呼ばれていた。これらのクズ原稿には大量の返送用切手が同封されている——わたしはおのずと切手にして一日七ドルか八ドル分を自分の週給に継ぎ足すことが出来た。誰もがこの〝クソの山〟を忌み嫌っていて、とくに（例の〝ゴミ〟と言っている）感受性の強い女性担当たちはその感が強かった。というわけで、わたしが初めに「エージェントから来た原稿なんか読みたくない。持ち込み原稿だけをとにかく全部読みたいんだ」と秘書の女の子に告げたとき、彼女が見せた苛立ちとあきれたような失望は相当なものだった。

ジョン・フォックスにもわたしの希望はまったく理解出来なかったらしい。

「おまえ、どうかしてるよ！」と彼は言った。「ハハ！　あの〝クソ山〟のクズ原稿を読みだせばわかるよ！」

しかしわたしはめげずに、その理由を説明した（それは最初のうちは本気で考えていたことだ）。純粋で、洗練されすぎていない、真に人間的な文学が存在しているという持論がわたしにはある——もしそんなものが本当にあるとしたら、それは持ち込み原稿の束の中にしか無いはずだ。ひょっとしたら、いかれた、とんでもなく変な、狂気すら感じさせるような作品だって出現するかもしれないではないか——エージェントを通じて送られてくる原稿は、みんな同じように古臭くて結末も見え見えで適当に良くできたつまらないものばかりだ。だからこそ、切手を掠め取ることは別としても、わたしはあの〝クソ山〟の原稿をひとつずつ読んでみようとしたのだ。丹念に丁寧に——重箱の隅を突くような細かい表現や、遠回しなほのめかしから真意を読みとる。実際には単に平板で間抜けなものでしかない作品からあらゆるレベルで何らかの意味を理解しようと努力した。ひとつひとつを、おふざけか、斬新で奇妙なパロディのつもりだと考えるようにし、どんどん読み続け、やがて、劇的なクライマックスを待つ……、ところが、もちろん、そんな鮮やかなことは起こらない。わたしの持論は徐々に修正され、読む方法論も改良されだした。二週目になると、最初の一行を読んだだけで原稿をボツに、三週目にはタイトルだけでボツにすることが多くなった――下品で間抜けなタイトルを付けるような作者が読むに価する物語を書けるはずがない（この件については徹底的に検証した結果、他人の採決を待つまでもなく証明してみせた）。それからは、実際に原稿を読む代わりに、何時間、いや、何日間もひたすらに、自分の編み出した電撃的ボツ作戦の方法論を改良し、広げることを考え、実行し続けた。少しはそれを究めることが出来たように思うが、まだ十分じゃない。例えば、自分の名前に〝ミセス〟を付けるすべての女性作者は理解すべくもないからボツにしてよし――もっとも、名字一語だけとかに対して使ってる場合は別だ。例えば〝ミセス・カーター著〟とか、そういうのはきっと変なヤツなはず。それからもうひとつ、ミドル・イニシャルとか〝ジュニア〟とかを名前に使うような作者は、すぐさま本人に送り返し！　ずいぶん思い切ったことをやっているとわれながら思うが（エヴァン・S・コンネルや、ヒューバート・セルビー・ジュニアとかいう作家もいるしね）、たった二つくらいの例外が、わたしが思いついたこの高速ギアチェンジ稼働の法則に当てはまらないからって、それがどうした――そんな例外があったとしても、どっちみち、あとではこのルールが正しかったことになるんだから。とにかく、そんな感じで、三週目も終わりを迎えた。切手の抜き取りも順調に進行中。しかし、わたしの抗鬱剤《デキシー》濫用癖はその頃には結構やばいものになっていた――実際、〝癖〟と言うより、はっきり言って、非常に深刻な依存症だったのだ……もともとわたしは生まれつき夜型人間で、『ランス』で働く前は、毎日たいてい午後三時か四時に起き、明け方の八時とか九時に寝ていた。しかし、『ランス』のトップ編集者として仕事をしていたら、そうもいかない。働きだした頃、午後四時に出社して真夜中まで働くようにならないものかとジョン・フォックスにお願いしたこともあるくらいだ。

「おまえ、どうかしてるよ？（これは彼の口癖のようなもの）ここでの仕事を知ってるだろ？ここは現実の社会なんだぜ――社の連中もおまえに会いたいし、おまえと知りあいたいと思うんだ！」

「そいつらは何なんだ、オカマか？」

「バカ、オカマなんかじゃないよ」とフォックスは力強く言い切った。しかし、説明するのが面倒になったのか、肩をすくめて話を打ち切った。「まあ、実際、みんな大してないけどな、仕事なんて」

実際、本当に誰もなにもしていないように思えた――もちろんいつだってタイプを叩き続けてる、タイピストを除けば。たいていの男どもはただオフィスでヒマをつぶしたり、うろついたり、ガヤガヤ無駄口を叩いたり、女の子にちょっかいをだしたり、そんなことをしてるだけだ。

とにかく重要なのは、一〇時頃には出社しなければならないということだった。その理由のひとつは〝ランチ前の会議〟があることで、ハッカー氏、別名〝長老〟(実際、発行者である彼はそう呼ばれていた)はその日の気分で、いきなり会議を招集するからだった。そして、事件が起きたのはまさにそんな朝——月曜日——のことだった。九時半に早々と起き、顔を洗い、歯を磨き、洗ったシャツを着て、すべてがいつも通り。そして抗鬱剤《デックス》に手を伸ばし……無い。切れている。こいつはまずいときにぶつかってしまった。というのもこの二日間朝までずっと寝ずに遊び回っていたからだ。まるで砂がだぶだぶに詰まった八〇〇パウンド(三六〇キロ強)の袋が、頭の上にゆっくりと荷降ろしを始めたような気分。パニックどころか、疲労感で今すぐ死んでしまいそうになった。

いつもはタクシーを捕まえるシェリダン・スクエアで、薬局に入った。薬剤師——朝番、だから初めて見る顔だ——が仕事をしている。見た目は、仕事の出来るキレ者のじじいという感じ。

「ええと、抗鬱剤《デキサミル》が欲しいんですが」

薬剤師は何も言わず、ただ片手で鉄縁の眼鏡を直し、もう片方の手で処方箋入れを差し出した。

「あそこのファイルに入ってますよ」わたしは男の後ろを顎で指した。

「名前は？」と訊ねて、男はガラスで仕切られた店の奥に姿を消したが、すぐ戻ってきた。

「無いね」と男は言って、もう視線をわたしの肩越しに見える次の客に向けていた。

「ロビンスさんに電話してもらえませんか？」とわたしは頼んだ。「あの人ならわかるはずなんですが」もちろんこれは当てのない単なるごり押しだった。夜勤のロビンスも、わたしの名前までは知らないだろう。しかし今は前に進むしかない。

「こんな時間にロビンスを起こしたくはないね――かんかんに怒るだろうから。次の方どうぞ」

「ねえ、頼むよ。二錠だけでいいんだ――あの……これから長時間車を運転しなくちゃならないんでね」

「処方箋が無ければ抗鬱剤は出せないよ」と男は非難がましく言いながら、わたしの後ろにいたティーンエイジャーの女の子が買ったタンポンを包んであげている。「よく知ってるんだろ」

「オーケイ。じゃあわたしのかかりつけの医者から電話で言ってもらうというのはどうだい？」

「電話はおもてだよ」と男は言い、女の子にもひとこと。「七九セントだね」

電話ボックスには人が群がっていた――ひとりが話し中で、五人ほど順番を待っている――どういうわけか、全員黒人のオカマできゃあきゃあと飛び跳ねている。誰が電話を使おうがかまわないが、この非常事態によりによってこんな気が狂いそうになる光景に出くわすなんて、まるで馬鹿げた不条理劇じゃないか。いったいどうなってるんだ？　やつらは明らかにひどく興奮して、連れだってぺちゃくちゃしゃべってる。キャサリン・ダナム舞踊団の男性ダンサーか？　置いてけぼりか？　迷子になったのか？　何でこんなに朝早くに？　ひとりが小さな旗ぐらいの大きさの紙に書いた電話番号リストを手にしていた。わたしはしばらくそこに立ち尽くし、答えの出ない推測に翻弄されていたが、やがてハッと思い立ってその場を離れ、西四番街にある食堂《ディネット》へと急いだ。あそこなら一石二鳥だ。電話もあるし、あらゆるタイプのヤク中たちが出入りしている店だから、ちょっとした麻薬なら手にいれられる可能性がある——もっとも、後者の目的にはまだちょっと時間が早いのだが。

予感的中。店にはわたしの知った顔はひとりもいなかった——そして、さらに悪いことに、電話に向かう途中で、突然思い出した。わたしのかかりつけの医者（フリードマンという）が、二、三日前からカリフォルニアに休暇で出掛けてしまっていることを。お手上げだ！　わたしはカウンターの椅子にへたり込んでしまった。急いで次の手を考えないと。本当にカリフォルニアに電話すべきだろうか？　そこからあの薬局に電話してくれるだろうか？　たった二錠の抗鬱剤のために、大仕事だぜ。腕時計を見ると、ちょうど一〇時を過ぎたところだ。ということはロスアンジェルズでは朝の七時ちょっと過ぎ——フリードマンも激怒するだろうよ。わたしはすっぱりあきらめて、コーヒーを一杯注文した。そのとき、驚くべきことが起こった。隣に座っていた若い男が、さりげなくポケットから透明のサイロ型をしたクスリ瓶を取り出した。そして周囲を気にも留めず、カップのようにまるめた手に、愛しの、見慣れた緑色をした、わたしの恋人をぽんと放り出し、二粒の塩味ピーナッツみたいにして一気に呑み込んだのだ。

全能の神《デウス・エクス・マキナ》、ここにあり！

「あのお、すいません」とわたしは最高の愛想を振りまいて話しかけた。「ちょっと目に入ったんですが、あなた今、お呑みになりましたよね、ハハハ、抗鬱剤を二錠」そしてわたしは今日ここまでの身の上話をずらずらと語って聞かせた——彼はわたしを値踏みするかのように一瞥した後、目はまっすぐ前に向けたまま、話を聞いていた。両手をカウンターに置き、その片手が魔法の瓶を半分隠している。やがて彼はうなずいて、カウンターに二錠のクスリを振り出した。「パーティーを楽しめよ」と彼は言った。

大事なランチ前会議に五分ほど遅れてオフィスに着く。会議室に入ると、ジョン・フォックスは控え目に不快感をあらわにした。わたしを今の職に推薦したという立場上、彼はいつでもわたしの失敗を自分の責任と考えるフシがある。それから、発行者、編集長その他もろもろを兼任しているハッカー老をチラチラと心配そうに見た。五五歳のこの男は、エドワード・G・ロビンソンに驚くほど顔が似ている——ずっしりと座り、火の点いていない葉巻をくわえ、下品な表現を口にすることで、似ているという印象はもっと深まった。彼自身、自分を〝死に損ないの手強いクソオヤジ〟に見せたがっていて、こんな前ふりを好んで使った。「おまえらは皆わしのことを死に損ないのクソオヤジだって思ってるだろ？　まあ、そうかもしれん。だがな、うちのような高級文学ゲームの現場ではタフでないとな！」とかなんとか。

なにはともあれ、わたしはフォックスと特集記事担当の編集者バート・カッツに挟まれた定位置に座った。するとハック老は腕時計を目にして、わたしを見た。

「すいません」とわたしは口をもごもごさせた。

「わしらはここで雑誌を作ってるんだぜ、坊主。売春宿をやってるんじゃないんだ」

「ごもっとも、まったくその通りです」とわたしはさくっと受け流した。どういうわけか、ハック老の前ではいつも学生のようになってしまう。

「遅刻したんなら、売春宿に遅刻するんだな――一発はてめえの時間を使ってやれ！」

この手の発言を彼がするときの狙いは、この会議に参加しているふたりの女性の反応を見たいからだ――彼のかわいい私設秘書のマキシン、そして、アート・ディレクターのアシスタント、ミス・ロジャース――ふたりともいつもどおり、お上品な赤面をわざと浮かべては半ば伏せ目がちにして、ハック老を楽しませていた。

その後の一〇分間はヴェトナムに我が社専属の三流カメラマンを送るべきか、戦地から戻ってきたばかりの二流カメラマンのボツ作品を掲載するかという議論に費やされた。

「たとえボツ写真であったとしても、我々の〈E・Lブランド〉にキズは付きませんよ」とカツッはイタリック体で写真の下に付くフレーズ〈E・L〉＝「ランス誌独占」（Exclusively Lance）に言及し、それらの写真が他のどこにも出ていないことに意味があると言い張っている――わたしに言わせれば、独占にならなくても、ありがちなクズ写真の方がまだマシだ。

　この問題の結論は出ないまま、〈ツイギー〉の話題に移った。このイギリス人のファッション・モデルはニュー・ヨークにやってきたばかりで、ボーイッシュなヘアスタイルとバスト・ラインで議論の嵐を巻き起こしていた。その哲学的な意味とは？　美学的にはどうか？　新しい流行の兆しとなるのか？　雑誌の真ん中を占めるグラビアのモデルのスリーサイズ（伝統的な一〇七―六一―九七）を、最近の流行に合わせてゆくべきか？　それとも、あれは単に瞬間的にパッと輝くだけの流行に過ぎないのだろうか？

「次号が出てだな」ハックが意見を述べた。「うちの雑誌がクソみたいな流行の片棒を担いでた、なんてことになるのは御免だ」

　即座に全員がうなずいた。

「ですけど、彼女はすごおく魅力的だとわたしは思いますよ」とアート・ディレクターのロニー・ロンデル（洒落たオカマであることを誇りにしているヤツ）が聞こえよがしに言った。「彼女はそうねえ……感受性が鋭そうだし……優美ですよ。あのおそろしい女ども……ミルクタンク女に比べればね！」嫌悪感で体をびくびく震わせながら、興奮気味に周囲を見渡して同意を求める。

オカマが根っからに嫌いなハックは、彼を変種のトカゲのように見つめ、ひどく残酷で余計なひとことを言おうとしたが、そうするかわりに突然わたしの方へ向き直った。

「さて、ミスター売春宿君。そろそろ君の話を聞こうじゃないか。たぶん、この議題をドツボからすくいだしてもう一号か二号もたせてくれるようないいアイデアがあるんじゃないかね？」

「ええ、まあ考えてはいるんです」とは言ったものの、それは完全に口から出まかせだった。「あのですね、ここにいるフォックスと僕にはシリーズもののアイデアがあるんです。普通じゃないやつら、変人たちにインタビューをするという企画なんですが……」

「普通じゃないやつらだと？」とハックはどなった。「いったいそりゃなんだ？」

「ええと、その、完全に新しい企画なんです。レギュラー企画で。タイトルはたぶん、うん、〈ランス直撃取材！〉とか……」

ハックは顔をしかめていたが、大きくうなずいてもいた。「〈ランス直撃取材！〉か……うんうん、いくつか例えを出してみろ」

「そうですねえ、例えば、〈ランス直撃取材！　典型的なティーン娘――とびきりの女の子が語るサラン・ラップの避妊向け使用法キュートなティーンエイジ仕様〉とか……それから、そうだな……〈ランス直撃取材！　コミュニスト《アカ》で男装レズビアンのどでかい黒人女〉とか……〈ランス直撃取材！　『マスターベーション・ナウ』の著者〉とか。こいつ面白いやつなんですよ」

さあ盛り上がってきた、と思ったら、左に座るフォックスは、ポカンと口を開け、目は閉じたまま、片手でゆっくりと顔を揉みほぐしたりなんかしている。ハックの顔は見なかったが、もううなずいていないのはわかっていた。ええい、もう一押しだ……「ねえ、これはレギュラー企画になりますよ。もうひとつの〈ランス独占〉もので雑誌の売りにするのもいい。こういうのはどうです。〈ランス直撃取材！　かわいいジャンキー売春婦〉とか……〈ランス直撃取材！　バカで色情狂の元・尼さん〉とか……〈ランス直撃取材！　いわゆるイボ付きコンドームの美しき研究開発技術者、ファビュラス・ローズ・チャン〉とか……」

「わかった」とハックは言った。「じゃあこいつはどうだ。〈ランス、ランスを直撃取材！〉――ランスよ、どこへ？　奈落の底だ！　そんな記事をやろうものなら、そうなるしかないだろうぜ」失望と憐れみから、うんざりして首を振った。「まったく、大したユーモアのセンスだな、おまえは」そして、フォックスの方へ向き直った。「どこからこんなボンクラを見つけてきやがったんだ、まったく」

例によってフォックスは、わたしをまるで擁護しようとしない。ただただ欠伸を嚙み殺すふりをして、目をそらし、灰皿の横にあるメモ紙にいたずら書きをするばかりだった。

「よし」とハックは新しい葉巻に火を点しながら言った。「わしにもひとつアイデアが浮かんだようだ。びっくりして、心臓麻痺になってくれるなよ……わしにとびきりのアイデアがあるぞ」慈悲深げだが裏のある笑みを浮かべ、厳しい口調で付け加えた。「二七年間もこのクソ雑誌ゲームをやってきたが！」と言って水をひとくち。〝周りでたったひとり怒鳴り散らしている間抜け〟になってしまっている（いつものことだが）いらつきを鎮めようとしているのか。「さて、このアイデアをちょっとコスってみて」と続けて言った。「これがしっかり勃つかどうか見てみようじゃないか。ようし、それでは、おまえらに質問をしよう。最近、雑誌にとって一番ホットな話題は何だ？ 悪い評判で大騒ぎになってるのはどいつだ？『マンチェスター』に載った記事だろ？ そこから削除された文章だろ？」彼が指しているのは、もちろん、大々的に喧伝されていたケネディ大統領暗殺の記事だ――ある一節が削除されているらしい。「ようし。さて、悪評とバカ騒ぎばかりのこの話だが――わしは気にいらんね。もちろん、おまえらも気にいらんだろう。まず第一に、これは報道出版の自由に対する侵害だ。第二に、『マンチェスター』の連中はどうも削除した一節を大げさに言い過ぎてる。いったい、どれほどたいそうなことが書いてあったって言うんだ？ 言いたいことが分かるか？ そうだ。その削除された文章を〝パロって〟書いてみせるんだ」

ハックはゆっくりとわたしを見て、目を細めた――葉巻の煙から目を守ろうとする風だが、その視線にはメフィスト的な雰囲気が漂っている。彼はわたしにバレているのを知っていた。つまり、この〝アイデア〟が、実際にはわたしが『リアリスト』の編集長、ポール・クラスナーから何日か前の晩に聞いたもので、それを前回のランチ前の会議のときにわたしがほんの

〝ついで〟に話したのを彼がパクったのだということを。わたしが笑い出すんじゃないかと、彼は気をもんでいるようだ。まるで試験だ。視線をそらし、メモ用紙に落書きして〝考え事〟のふりをしよう。ハックはわたしに向けて煙を吐き出して、話を続けた。

「つまりだ。ある意味軽薄に、ある意味バカっぽく、削除した連中のパンツを脱がすみたいにからかってやるんだ。風刺みたいなもんだ。わかるか？」

出席者は誰もその気にはなれないようだった。ハックを除いて、わたしたちはみな三〇代か四〇代前半で、それぞれ何らかのかたちで大統領の暗殺に心を痛めていたからだ。この事件に関して〝バカっぽく〟ふるまうのは想像しづらい。

最初に口火を切ったのはフォックスで、なんとなく痛々しかった。「わたしは、うーん、はっきり賛成だとは申し上げられません。雑誌のスタイルでやろうと考えていらっしゃるのですか？」

「その通り」とハックは言い放った。「まあ聞け。われわれはこれが真実だ、なんて言わない。真実はそう主張していると言うんだ。編集後記で、その信憑性に異議を唱えてやればいい！どうかね？」

「ええ、そうですね」とフォックスは答えた。「しかし、うまくいくでしょうかね。それが、ほら、笑えるものになるかどうか」

ハックは肩をすくめた。「それがどうした？　おまえにだってわからんし、わしにもわからん。笑えるものになるかなんて誰にもわからん。誰だって割れ目を見つけたら――ちょっとさすってみて、射精できるかどうかやってみる――だろ？」

おっしゃる通り。

その日の午後、仕事を終え、わたしは抗鬱剤《デキサミル》用の新しい処方箋を受け取り、シェリダン・スクエアの薬局に立ち寄ってクスリをもらった。薬局を出ると、目の前の光景に見とれて、しばしその場に佇んだ。素敵な午後だった――晩春の昼下がり、暖かいそよ風が大いなる夏の夕方の到来を匂わせている――ミニスカートの女の子たちはバレリーナのように舞い、若々しい太股がまぶしく輝いている。夏はミニスカートの女の子たちにとって厳しい試練になるだろう。タイツやボディ・ストッキングといったもので体型を補うには暑すぎるからね。すごくそそられる眺めじゃないか。媚薬のような衝動のうねりに押されて、今朝の店に立ち寄ることにした。特別な輸入物ドラッグが手に入るかもと思ったのだ。

驚いたことにその店で最初に目にした人物は、まさしく今朝、わたしにクスリをくれた若い男だった。猫背でコーヒーを飲み、頭には棘の冠ヒッピー仕様を被ったみたいに暗い影が漂っている。まるで凍りついた聖人で、一日中微動だにしていないように思えた。しかし、そんなことがあるわけもない。今日は白いリネンのスーツを着ているし、ボックス席に座っている。男は今朝と同じくそっけなくうなずいた。そこからは単なる挨拶以上の意味を感じ取ることができた。わたしは彼の向かいに腰掛けた。

「自分で何とかしたみたいだね」と彼は言って弱々しく笑い、再びうなずいた。今度はわたしの持っている薬局のラベルが貼られた小さな紙袋に向かって。

わたしはクスリの瓶を取り出して、一錠ポイと口に入れた。あの老いぼれが言い出した独創的な記事云々が少し頭に浮かんだが、後回しだ。そして、四、五錠ほどを瓶から振りだして、目の前の青年に渡した。

「利子を付けとくよ」

「いつでもどうぞ」と言って、男はクスリを上着のポケットに入れた。しばらく間があった。

「抗鬱剤《デキシーズ》以外のクスリで、いい気分になったことあるかい？」

「例えばどんな？」

彼は肩をすくめた。「おっと、知ってるだろ」と、だらりと脱力気味に手を挙げ、薄笑みを浮かべて付け加えて言う。「自分の〝いい気分〟はおれなんかよりずっとね」

それから五分後、今までに遭った中でも最高に商売上手な麻薬の売人であることが判明した。まだ若いのに、だ。扱っている範囲は手広いもので——ニュージャージー産のマリファナに始まり、〝プリスコ・スピードボール〟と呼ばれる、ヘロインとコカインを混ぜ合わせて、さらにLSDを加えたもの（「ちょっと色を足すんだ」）にまで及ぶ。わたしたちがそこに座っていると、幅広い彼の顧客たちが次々とやってくる。まさにパレードだ。ぶらぶらと通りかかったり、ボックス席を過ぎたように見せかけて、クスリが欲しいかどうか訊くのにちょうどよく離れたところで立ち止まったり——睡眠薬中毒、興奮剤《アンフェタミン》中毒、麻薬中毒たちを相手に……LSD入りの角砂糖、瓶詰め、カプセル、錠剤、粉末……「ハシシだよ、あんた《ベイビィ》、O《アヘン》ばりに黒いぜ」……マッシュルーム、メスカリン、幻覚サボテン……風邪薬シロップ《コザニル》、コデイン、コカイン……コカインの透明な結晶、コカインの粉、カロ・シロップみたいな液状コカイン……レッド・バード《セコナール》、イエロー・ジャケット《ネンブタール》、パープル・ハート《デキサミル》……「液状のO《アヘン》、こいつはインドシナから直輸入したもので、缶にもしっかりハンコが押してある」……ときおり若い男（〝トリック〟と呼ばれていた）はわたしのほうを向いて言った。「見たろ？」

わたしはまけてもらって（三〇ドル）粉状のメタンフェタミンと〝パナマ産マリファナ〟二オンス分（「注射一本分だよ、あんた《ベイビィ》」）を買い、さらなる誘惑は断った。そのとき、ひどく落ちぶれた風体の男が現れた。わたしはこの男のことは前から知っている。本名はラットマンといったが、親しい仲間からは〝ラット〟、もっと深い付き合いだと、どうにも口に出すのが憚られるが〝ネズミちんぽこ男《ラット・プリック・マン》〟と呼ばれていた。ラットマンはよろよろしながらやってきて、ボックス席を通り過ぎかけて、商売上手なトリックに気が付いた。立ち止まり、おぼつかない足取りで席に近づき、くしゃくしゃになった茶色い紙袋をコートのポケットから取り出すと、袋の口を広げて見せた。

「トリック」と、ほとんど口を動かさずに呟いた。「……トリック、〝ライト〟は扱ってるかい？　一束二五セントでどうだ」わたしとトリックがその中を覗き込むと、中にあるのは得体の知れないものだった。――小さくて、暗い色のシリンダーみたいなカプセルは、焦げ茶色のべたべたしたもので粘ついている。両端は平らになっていて、どうやらプラスチックで出来ているようだ。袋の中には、それが一握りほど入っていた。トリックは不快感と苛立ちを隠さずに、うんざりした顔をした。

「あんたさ」と静かに切り出し、もの悲しそうにラットマンを見上げた。「いつになったら死んでくれるんだ？」

しかしラットマンはまるで動じず、声も立てずに馬鹿笑いをして、足を引きずりながら去っていった。

「何なんだ、いったいこれは？」半分は純粋に興味本位で、半分は知らないことへの苛立ちで、わたしは訊ねた。トリックは肩をすくめ、勘弁してほしいよ、と手を振った。「〝ライト〟と呼ばれてる……使用済みのニコチン・フィルターだ。ほら、煙草にくっつけるやつだよ」

「使用済みのニコチン・フィルター？　それをどうするんだ？」

「そうだな、あれを二、三滴コーヒーに垂らしてみろよ――ちょっと危ないぜ」

「ちょっと危ない？」とわたしは言った。「冗談言うなよ。ちょっと癌になるってのがオチだろ？　タールとニコチンの塊だぜ？」

「ああ、まあ、そうだけど……」と彼はくすくす乾いた笑い声を立てた。「効けばなんだっていいんだよ、だろ?」

　確かに。おっしゃる通り。

　そのとき、思いがけずトリックのほうから質問してきた——まずは不思議な目つきでわたしを見つめ、ため息をつき、疲れた笑みを浮かべ、うやうやしく。「あのさ……あんた〝レッド・スプリット〟をやってみたことある?」

「え、何だって?」

「だからさ、〝気狂いの血《ブラッド・オブ・ウイグ》〟ってやつだよ」

「いや」とわたしは答えた。よく意味がわからなかったが。「やったことはないと思う」

「そうだな、あれは特別なんだ。あんたになら教えてもいいな」

「ええと、そう、何て言った——よくわからなかったもんだから……」

「〝レッド・スプリット〟——〝精神分裂ジュース〟だよ……血、なんだ……〝気狂いの血〟とも言う」

「ああ、あれか」実際に、わたしはそれについて『タイムズ』誌に載っていた最近の記事を読んでいた——志願した囚人たち(当然ながら、みな正常な感覚と健康な肉体の持ち主)に、精神分裂症患者の血を注入するという実験が行われたのだという——結果ははっきりとしていた……あるケースでは躁、あるケースでは鬱——大体五〇対五〇だったと記憶している。

「でも、すごくダウナーになるんじゃないの?」

トリックは物憂げに首を振った。「このジュースではそんな風にはならないよ。誰の血だか知ってるかい？」そう言って、血の出どころを明かした――チン・リー。イースト・ヴィレッジの有名人で、中国の象徴主義詩人。今はベルビューの精神病院に拘束入院させられているという。「誰にも」彼は言った。「こいつよりもハイにぶっとべるヤクなんて誰にも味わえないよ、あんた。誰にもね！」

こいつは面白い体験になるかもしれない、と思いはしたが、用心深くがわたしのモットーだ（『タイムズ』の記事はすごく大雑把なものだったし）。〝レッド・スプリット〟または〝気狂いの血〟と呼ばれるクスリについてもっと知る必要がある。「それで、そのクスリはどれくらい長くもつんだ？」

トリックはそれに関してはあんまりはっきりせず――むしろ質問に憤慨しているようにも見えた。「ちょっとしたトリップだよ――四時間、運が良けりゃ六時間。時と場合による。問題は相性だ――あんたの血がこいつの血とうまくやれるか。そうだろ？」そこで口をつぐみ、まっすぐわたしを見つめる。「いいこと教えてやろうか、あんた《ベイビイ》。こいつはLSDやSTPより上なんだぜ……」彼は力強くうなずいた。「そういうことさ。どっちも勝てない。どっからかかってきてもね」

「本当に？」

ちょっとしゃべりすぎて、強引な押し売りみたいだと思ったのだろう、すぐにトリックは冷静になり、そして、うなずいた。「本当だ」ほとんど聞こえないが、とても穏やかで真面目な口調だった。

「いくらだい?」とわたしは訊いた。結局、そうするより他ないようだ。

「はっきり言って」と彼は言った。「コネがあるんだ――病室付けの介護士なんだが……つまり、男性看護士が……病院の薬剤室に〝侵入〟してだな……五階の警備員たちとちょっとした取引をしてるんだ――そのフロアには怪物級の精神異常者が大勢いる――だから五階のことをやつは〝ハイ・ファイヴ〟って言ってる。そこにこのチン・リーもいるんだ。とにかく、そいつは今も原価で調達をしてくれてる――それに、やつはM《モルヒネ》とか、他の手に入りにくいクスリを可能な限り外の薬局から買い入れて、次に〝ハイ・ファイヴ〟に行ってこのジュースと交換する――つまり、新鮮で、純粋で、混ざり物の無い〝気狂いジュース〟を九〇ccばかし。それがいつもの定量だ。全部で一オンスくらいかな……。つまり、入手した〝気狂いの血〟を入れるのが、九〇ccの注射器なんだな。針に蓋をしてから、外から見えないように包みに隠して持ち出す。体温と同じままにしておくようにね。わかるだろ? そういうことはひどく厳密なんだ――気狂いからどのくらい血を取り出すか、それから気狂いの血をどうやって新鮮かつ適温に保つか、そのへんは手が抜けない。問題はないよ。これでトリップ出来るんだから――九〇cc分の、いわゆる〝あつあつの《パイピング・ホット》〟ジュースだ」彼は妙な言い方をして、少し疲れた笑みを浮かべた。「とにかくポイントは、やつはこの血がいくらになるのか前もっては知らないってことだ。どれくらいのM《モルヒネ》を買えるのかも知らないんだから。もし五〇ドル分M《モルヒネ》を買ったら、その分とジュースを交換する。それが値段だ。そういうこと」

わたしの働く狂《マディソン》った街の常識からしても、この話はまったく割に合わないように思えた。

「そいつは〝ハイ・ファイヴ〟の警備員たちに隠しておくなんてことは出来ないのかね？」とわたしは訊ねた。「……つまり、警備員たちには半分しか渡さないで、残りの半分は次に取っておくとか」

トリックはちょっと悲しげに肩をすくめた。「彼はとても道徳的な男でね。まあ、変なやつなんだよ。麻薬の類には全然興味がない。単に交換するのが好きなんだ。つまり、あいつはM《モルヒネ》の値段は薬局に好きに決めさせて——その値段で、ジュースを交換するだけなんだ」

「そりゃ変わってる」とわたしもうなずいた。

「まあ、新しい市場ってとこだね。ここにはまだ決まった値段なんか無い。やつは客を増やしていきたいと思ってる——五〇ドルでどう？」

わたしがしばし悩んでいると、彼は堂々としているが疲れ気味の笑みを浮かべて言った。

「やつについてひとつ言える良いことは、とにかく道徳的だってことだ——お客様を怒らせるようなことは絶対しないよ」

ようやく、商談成立。彼は手配を完了すべく席を立った。

〝レッド・スプリット〟の効果は、はっきり言って〝宣伝通り〟だった——このクスリの場合、極めて陽気になるのだ。感覚分裂的だが、ＬＳＤとは全然違う。新しい洞察力を持つ〝私の本質〟が現れるのではなく、完全に違う人格になるというものだった。そういう意味では、このクスリには大して怖ろしい効果はなく、ひどく奇妙なだけだ。そしてだんだんわかってきたのは、ちょっとしたいたずらっぽさだった（ついでに言うと、チン・リーは単にとんでもない気狂い《ウィグ》だっただけでなく、愛すべきひょうきん者《ワグ》だったというわけだ）。翌朝六時、懸案になっている〝『マンチェスター』誌の削除記事〟を書き始めた。クラスナーはさぞや不愉快に思うだろうが、それがどうした。アイデアに著作権はない。それに、クラスナーには最大限の謝辞も捧げることにした。「ポールの名前は大きく出そう」と慈悲深く黙考し、使い慣れた魔法の羽根ペンを手に取った。

　最初の二、三行はまったく害の無いものだった。問題の記事の真似をすることに力を入れたためである。しかし、第六章の終盤に近づくにつれ、わたしはついに料理を開始した。〈……顔の生気は失せ、ひとりぼっちになってしまった彼女《ジャッキー》は人々の前からこっそり姿を消すと、夢遊病者のように廊下の奥の暗いコンパートメントへと向かった。そこには棺が安置されていた。中に入ると、微かな光の輪が彼女のうなだれた頭を覆った。後ろ手にドアを閉め、そのままそこにもたれかかった。ゆっくりと目を開け、重々しく歩を前に進める。そのとき、彼女は息を飲んだ。目の前で起こっている信じられない光景におののいて、ショックを受けて、ドアに叩きつけられるように背中から倒れ込んだのだった。棺のそばに不気味なテキサス人の大きな影を見た。棺の蓋を半開きにして、獣のように身をかがめた男は、荒くれた生き物と化したあれを棺に深く突き刺し、今まさに首の傷跡に挿入しようとしていた。

「ああ神様」と彼女は叫んだ。「何とおぞましい！　これじゃまるで……まるで……〝首姦《ネックロフィリア》〟だわ！」〈死姦＝ネクロフィリア〉

十時頃には原稿を書き上げ、抗鬱剤《デックス》を飲み、オフィスに到着。まっすぐフォックスの小さな（〝巣箱〟と呼ばれている）オフィスに向かった。

「ほら」と子供っぽい口調で、わたしは切り出した。「間違ってるかもしれないが、採用はもらったぜ」と言って、原稿をフォックスに手渡した。

「何をもらったって？」と彼は冷たく返した。「淋病か？」

「ほら、こないだのランチ前会議で話題になった『マンチェスター』誌の記事のことだよ」彼が原稿を読んでいる間、わたしはゆっくり歩き回り、不安げにかしこまったふりをして手をぶらぶらさせた。「まあ、少し短く絞った方がいいかもしれないし、文章も磨いた方がいいかもしれない。わかってるよ。でも本質そのものがここにあるってことは君にはわかってもらえると思う」

フォックスはしばらく何もしゃべらず、ただ座ったまま頬杖を付いて最後のページを見下ろしていた。やがて視線を上げた。彼の目は何故かいつも悲しげだ。

「おまえ、マジでどうかしちゃったんだな？」

「ごめんよ、ジョン」とわたしは言った。「もう読まないでいいよ」

彼はもう一度原稿に目をやり、有毒な物体であるかのように手を離し、少し遠ざけた。そして、おそろしく真面目な口調で言った。

「頭の中、医者に調べてもらった方がいいんじゃないか」

「頭ならゴキゲンだよ」そして、もっと詳しく説明しようとした。「おれの頭は……」しかし、突然うんざりしてしまった。この皮肉屋のフォックスにさえ呆れ果てられるような、神聖な何かを侵してしまったなんて。

「いいか」と彼は言った。「おれは堅物なんかじゃない。しかしこれはちょっと……」――吐き気を抑えるように咳をしながら、原稿に手を触れた――「……つまり、こいつは最高に……グロテスクで……猥褻で……とにかく、議論する価値すらないね。はっきり言って、おまえは今すぐ精神病院で診てもらうべきだ」

「ハックはわかってくれるかな？」と、わたしは極めて率直に尋ねた。

フォックスは目をそらし、テーブルを指でコツコツやり始めた。

「あのな、おれは朝から片付けなきゃならない仕事がいっぱいあるんだ。だから、な。悪いけどさ……」

「やり過ぎたのかな、フォックス？　そういうことかい？　君はたぶん重要なところを見逃してるんだよ――そう思わないか？」

「よく聞け」とフォックスは力強く言って、唇をぐっと結び、指を立てて責め始めた。「おまえがこれを……こんな代物を他の誰かに見せたら、間違いなくぶん殴られるぞ！」その口ぶりには紛れもない激烈な怒りがこもっていた――ヒステリーを抑えているといったところか。

「おれがＣＩＡの回し者だとしたら、どうする？」とわたしは冷静に訊ねた。「これが何かのテストだとしたら？」査定するような、鋭く、意地の悪い目でフォックスを見据える。「フォックス、そんなにわざとらしく怒ってみせてるのは、実際のところ、ただの演技じゃないのか？　それとも茶番？　何かの謎かけかな？　結局、自分の身を守るための演技なんだろ？」

確かに、さっきはフォックスにやりこめられた。しかしずるがしこい支那の詩人の血が染み込んだ今のわたしは、攻撃こそが最高の防御だと考え、攻撃を続けた。「図星だろ、フォックス。このホラ話に隠されたホモセクシュアルな性癖を、残念ながら、君自身にも認めたんじゃないのか？　ずばり性癖を言い当てられて、いわば『畏れとおののき』の瀬戸際に追い込まれそうなんだろ」わたしはキルケゴールを引き合いに出して、彼を正気に戻そうとした。

「このイカれたクソ野郎め」とフォックスは感情のない声で言って、テーブルの後ろに立ち、拳を握ったり開いたりしている。本当に、不気味に脅かすように近付いてくる気がした。そこでわたしは方針を変更することにした。「まあ聞いてくれ。あの原稿を書いたのが本当はおれじゃなくて、中国の詩人が書いたんだと言ったらどうする？　多分、アカの……頭のおかしいアカのオカマで、黒んぼの中国人の詩人なんだ。そしたら、この原稿をもっと客観的に見られるんじゃないかな、ねえ？」

フォックスは、アドレナリンに身を任せてすっかり興奮していた。そして、なすすべもなく椅子にぐったりしているわたしを見て、調子づいたのか、完膚無きまでに怒りまくった。

「オーケイ、くそったれめ」そう言って、わたしを見下ろした。「もっと話せよ。うまくな」

「そうだな、うん、ええと……」それからわたしは〝レッド・スプリット〟をキメたときの体験について話し始めた。ゆっくりと、丁寧に、とても真剣に話して、なんとか彼の怒りも鎮まってきた。そうして、トリップの最中に、ヴェトナム戦争を体験し、カシアス・クレイや死刑囚のカーライル・チェスマン、スパイ疑惑のローゼンバーグ夫妻の内面やその他いろんな出来事の内幕へ分け入ったことを話して聞かせた。彼は信じてはくれなかった。まあでも、どうせ、誰も本当だとは思わないさ——だろ？

訳者あとがき

そんなに遠くない昔のことだ。アメリカの古書店で、一冊のペーパーバック“Hot And Cool : Jazz Short Stories”(Plume 1990)を手に取った。そこに掲載されていた「ヒップすぎるぜ」、すなわち、その原題である“You Are Too Hip, Baby”を目にしたときのショックは忘れられない。なにしろ、そのタイトルはヒップすぎた。そこから本書の翻訳を引き受けるまでの経緯は割愛するが、あのときから、すでに何かに巻き込まれていたのだろう。あるいはそれは、小説でも映画でも、好むと好まざるに関わらず問題に巻き込まれてゆく人物をクールに描いては、ひとりでにやりとほくそえむテリー・サザーンという人物の魔力だったのかもしれない。

本書はテリー・サザーンの短篇集“Red-Dirt Marijuana and Other Tastes”(The New American Library 1967)を底本に、小説、ショートショート、コント、ルポなど全一三篇を収録したものだ。“Other Tastes”とは、〝その他の短篇〟という意味と、もちろん、文字通りの〝その他の麻薬〟という意味があり、本書の〝ドラッグ小説集〟としての特異な性格を際立たせている。

原著には全部で二三篇が収められている。全部入れると分厚くなりすぎるし、現代では意味の通じにくいものも多い（まあ、それが彼が時代と寝ていたことの証しでもあるのだが）。そもそも原著が寄せ集めなのだから、本書はそれを厳選したベスト・アルバムと思っていただければ幸いだ。

収録作品の初出誌には五〇〜六〇年代のビートニク・シーンを語る上で欠かせないものが並ぶ。

「ヒップすぎるぜ」Esquire 1963.8
「レッド・ダート・マリファナ」Evergreen Review 1960. 1/2
「かみそりファイト」Nugget 1962.10
「太陽と輝かない星」Paris Review 1953. No. 4 Winter
「バードがワーナー博士のために吹いた晩」Harper's Bazaar 1956.1
「こきおろし」Evergreen Review 1959. Summer
「カフカ VS フロイト」Nugget 1962.11

「恋とはすばらしきもの」The Hasty Papers vol. 1 1960
「地図にない道」Esquire 1957.9
「オル・ミスでバトン・トワリング」Esquire 1963.2
「ダンプリング・ショップのスキャンダル（初出時のタイトルは"Healthy Exposure"［健全な摘発］）」The Realist
「テリー・サザーン、オカマの看護士にインタビューする」The Realist
「狂人の血」Evergreen Review 1967.10

〈The Realist〉誌掲載の二篇については、初出年月日は不明だが、おそらく六四、五年頃のものと思われる。
〈The Hasty Papers〉は六〇年にたった一号だけ発行されたビート・マガジンで、後にその一冊がそのまま復刻されるという画期的な内容を持つものだった。
「狂人の血」で主人公が働く〈Lance〉誌のモデルとなっているのは〈Esquire〉。文中に登場するケネディ大統領暗殺についての痛烈なパロディ記事は、実際に〈The Realist〉六七年五月号に掲載された。そこで〝首姦〟しているのは、時の副大統領リンドン・ジョンソンその人だった。
「地図にない道」は、原題"The Road Out Of Axotle"が示す通り、ジャック・ケルアックの

「路上」への回答として書かれている。

なお、既訳としては「ヒップすぎるぜ」(鴻巣友希子訳・『EQ』九六年七月号掲載)と「狂人の血」(浜野アキオ訳・『ユリイカ』九五年一二月号掲載)が存在する。また、サザーンの詳細な伝記"A Grand Guy : The Art and Life of Terry Southern" (Lee Hill, Haper Collins 2001) からも多くを参考にした。

マイク・ロジャース、リズム&ペンシル、大江田信、安田謙一、キングジョー、国書刊行会の樽本周馬に謝辞を(敬称略)。

松永良平

解説　テリー・サザーンの小説について何も書かずに済ませること

柳下毅一郎

テリー・サザーンの小説について何も書かずに済ませるのはとてもたやすいことである。サザーンは派手な人生をおくった。綺羅星のごときハリウッド・スターや文学者と交わり、さまざまな人の人生を変えた。映画の歴史を変えた何本かの作品の脚本にかかわった。テリー・サザーンについて語られるのはもっぱらそうしたことであり、小説の出来ではない。

たとえば、テリー・サザーンはまず第一に映画の脚本家として知られている。サザーンは『博士の異常な愛情』、『バーバレラ』、『イージー・ライダー』といったカルト映画にかかわり、その才能を発揮した。中でも名高いのはスタンリー・キューブリックとの仕事だろう。脚本に対する要求の厳しい（それをいうならば何に対しても要求の厳しい）キューブリックから認められたのが、サザーンの脚本家人生のはじまりだった。キューブリックにサザーンを推薦したのは主演のピーター・セラーズである。当初セラーズは自分のセリフのダイアローグ・ライターとしてサザーンを起用しようとした。それ以前にもサザーンはキューブリックにインタビューしたことがあり、そのときにキューブリックにいい印象を与えていたらしい。

『イージー・ライダー』に招かれたときにはすでにサザーンは脚本一本で十万ドルを取る売れっ子脚本家だった。だが、金には無頓着で、気に入った企画ならギャラが安くても参加した。それこそが「ヒップ」な態度というものだからである。友人だったピーター・フォンダとデニス・ホッパーから脚本への協力を頼まれると、サザーンはわずか週給三百五十ドルで引き受けた。サザーンはホッパー、フォンダととりとめのないブレストを続けながら、二人のアイデアを脚本にまとめていった。フォンダによれば〝イージー・ライダー〟というタイトルもサザーンの発案だという。サザーンのこうした仕事のやり方は後にウィリアム・バロウズ、ホッパーと『ジャンキー』を作ろうとしたときにも踏襲される。サザーンはバロウズ（と秘書のジェイムズ・グラウアーホルツ）とホッパーが次々に投げつける勝手なアイデアを脚本のかたちにまとめあげようとした。サザーンは誰とでもうまを合わせられる人間だったからである。奇矯な人間とも平気でつきあうことができた。サザーンは気のおけない友人であり、気配りを忘れぬいいホストだった。だからサザーンはバロウズ、アレン・ギンズバーグ、ジェームズ・ボールドウィンからキューブリック、ピーター・セラーズ、ホッパーにフォンダ、マリアンヌ・フェイスフィルにキース・リチャーズといった人々と友人でありつづけることができた。六〇年代、サザーンはまちがいなくハリウッド一ヒップな脚本家であり、ハリウッド・スターやミュージシャンと遊ぶセレブリティだった。

だが、そのおかげで、サザーンの小説にはほとんど目が向けられないことになってしまった。テリー・サザーンはもともと作家である。そもそも一九五八年に発表された『博士の奇妙な冒険』がピーター・セラーズの愛読書だったことが映画界入りのきっかけだったのである。第二次大戦後、パリに遊学したサザーンにとってのヒーローはヘミングウェイでありフォークナーだった。サザーンは偉大なアメリカ作家となることを夢見ていた。だが、その可能性は十分に追求されたとは言いがたい。サザーンの小説は映画界での派手なキャリアの影に隠れてしまった。作家としても、サザーンはまず第一に映画『キャンディ』の原作者である。『キャンディ』はヴォルテールの『カンディード』を下敷きに、無垢な少女キャンディが繰りひろげるさまざまな性的冒険を描く。サザーンはモーリス・ジロディアスのオリンピア・プレスのためにこの小品を書きはじめたが、実際には途中で面倒になり、友人のメイソン・ホッフェンバーグを誘って共作として完成させた。おそらくはホッフェンバーグにネタを出させ、自分がまとめあげるというかたちだったのだろう。あくまでもサザーンにとってはお遊びであり、純文学作家の手すさびに過ぎなかった（少なくとも、サザーン本人にとってはそのつもりだった）。だが『キャンディ』は爆発的に売れた。オリンピア・プレス版だけでなく、アメリカで出版されてもさらに売れ、ついには映画化されてマーロン・ブランドやリチャード・バートンをはじめとするスターが顔をそろえることになった。

サザーンは今にいたるまで『キャンディ』の原作者であり、『博士の異常な愛情』の脚本家である。ヘンリー・グリーンの影響下に書かれた初長編“Flash and Filigree”に、日本で『博士の奇妙な冒険』という妙な邦題がついているのは、もちろん『博士の異常な愛情』にあやかろうとしたためだろう。だが、それはもちろんサザーン本人の責任でもある。

サザーンは『キャンディ』に続く作品として“The Hipsters”という半自伝小説を書こうとしていた。戦後のパリとグリニッチ・ヴィレッジ界隈を舞台に、サザーン本人をモデルにした若者が「ヒップ」な若者たちの世界に飛び込もうとする物語である。断片はいくつも書き、発表していたが、結局この長編は完成しなかった。妻キャロル・サザーンによれば、サザーンは半自伝的作品の結末をどうつけるべきかがわからなかったのだという。そして悩んでいるうちにサザーンは文字通りの「ヒップスター」となり、金にならない純文学に打ち込む時間はなくなってしまった。これは――サザーンの最高傑作になるかどうかはともかく――文学者サザーンの真価を問われる作品になったのは疑いない。だが、それが書かれることはなく、サザーンの作家としての可能性は真に追求されないまま終わってしまった。

だが、その可能性が存在しなかったわけではない。そのことを教えてくれるのが本書『レッド・ダート・マリファナ』である。一九六七年に出版された短編集にはテキサスで過ごした少年時代の思い出、そして戦後パリのジャズ・カルチャーを題材にした短編が集められている。『キャンディ』と『博士の異常な愛情』以前、売れっ子になる前に書かれたものだ。驚くほど巧みな語り口と、すばらしくシュールな展開、そして予想もつかない結末。ジョークとないまぜになった〝ノンフィクション〟。ミシシッピ大学を取材した「オル・ミスでバトン・トワリング」はハンター・トンプソンらに大きく影響を与え、〝ニュー・ジャーナリズム〟の嚆矢ともされている。この傑作ルポルタージュはバトン・トワリング協会を訪れるサザーン自身のぼやきというかたちをとりながら、そこに描かれていないもの――公民権運動はなやかなりしころの南部の大学キャンパスの情景――を鮮やかに浮かび上がらせる。フィクションとノンフィクションのはざまを歩むアクロバットこそ、サザーンのもっとも得意とするところなのかもしれない（それはとても本物とは思えない「テリー・サザーン、オカマの看護士にインタビューする」においてさらにあきらかだ）。

これを読んでいると、サザーンが映画の脚本家として成功した理由も、長編がいまひとつ成功しなかった理由もわかるような気がする。サザーンはあまりにも短編作家なのである。痛烈な皮肉（「ヒップすぎるぜ」における自分自身の投影――黒人音楽好きな「ヒップ」な白人――の突き放し方はすばらしい）も、狂騒的なスラップスティックも、短編や映画の一シーンでなら鮮やかに決まるのだが、長編一冊をそれで作りあげるのは難しい。狂騒の六〇年代、長編を構成するには根気も時間も足りなかった。その騒ぎが終わったあとは、残念ながらもうサンジェルマン・デュ・プレについて書くのは「ヒップ」なことではなくなっていた。そしてIRSから税金問題で追われはじめたサザーンには小説にじっくり取り組む余裕などなくなっていた。その合間に、奇跡的に完成したのがこの『レッド・ダート・マリファナ』でありキューブリックに捧げられた映画業界内幕コメディ“Blue Movie”なのである。『レッド・ダート・マリファナ』を読みながら、存在したかもしれない作家サザーンを思い描いてみるのもいいかもしれない。

＊

テリー・サザーン著作リスト

Flash and Filigree（1958）『博士の奇妙な冒険』（稲葉明雄訳　早川書房〈ブラック・ユーモア選集〉第四巻収録　1970）
Candy（with Mason Hoffenberg）（1958）『キャンディ』（稲葉明雄訳　早川書房　1965）（高杉麟訳　角川書店　1970／新装改訂版　2003）
The Magic Christian（1960）『怪船マジック・クリスチャン号』（稲葉明雄訳　早川書房〈ブラック・ユーモア選集〉第四巻収録　1970）

Writers in Revolt（1960）
Journal of The Loved One（with William Claxton）（1965）
Red-Dirt Marijuana and Other Tastes（1967）本書
Blue Movie（1970）
Texas Summer（1992）
Now Dig This; The Unspeakable Writings of Terry Southern 1950-1995（2001）

松永良平（まつなが　りょうへい）
一九六八年、熊本県生まれ。
早稲田大学政治経済学部卒業。編集集団リズム＆ペンシルで活動。「友人のような音楽」（中川五郎・永井宏共著／アスペクト）の編集・構成を担当。現在は、音楽雑誌等への寄稿、ＣＤ解説、訳詞等、幅広く執筆を手掛ける。

レッド・ダート・マリファナ
Red-Dirt Marijuana and Other Tastes
2004年4月26日初版第1刷発行

著者　テリー・サザーン
訳者　松永良平

装幀・造本　前田英造(株式会社バーソウ)
装画・挿画　キングジョー

発行者　佐藤今朝夫
発行所　株式会社 国書刊行会
東京都板橋区志村1-13-15　郵便番号＝174-0056
電話＝03-5970-7421　ファクシミリ＝03-5970-7427
http://www.kokusho.co.jp

印刷所　株式会社キャップス＋株式会社エーヴィスシステムズ
製本所　株式会社石毛製本所
ISBN4-336-04521-6　落丁本・乱丁本はお取替いたします。